Jean-Marie Gourio s'est illustré dans tous les domaines de l'humour iconoclaste : ancien rédacteur en chef de *Charlie Hebdo*, collaborateur sur l'émission de télévision « Palace », rédacteur pour « Les Guignols de l'Info », il est l'auteur du best-seller en huit volumes *Brèves de comptoirs*, commencé en 1985 – adapté au théâtre par Jean-Michel Ribbes, et créé à Paris en 1994. En 2007 et 2008, sont parus *Les Brèves de comptoir : l'anniversaire !* (Robert Laffont) et *Les nouvelles brèves de comptoir* (Robert Laffont). Il a également publié des romans, graves ou légers, comme *Autopsie d'un nain* (1987), *Les coccinelles de l'Etna* (1993), *Chut !* (1998), *L'eau des fleurs* (1999), *Apnée* (2005) et *Alice dans les livres* (2006). Une nouvelle mise en scène des *Brèves de comptoirs* est en cours d'adaptation au théâtre du Rond-Point avec Jean-Michel Ribbes ; les représentations devraient commencer en 2010.

Les 4 saisons
des Brèves de Comptoir

# L'ÉTÉ

# DU MÊME AUTEUR
## *CHEZ POCKET*

# JEAN-MARIE GOURIO

## Les 4 saisons
## des Brèves de Comptoir

# L'ÉTÉ

Préface de J.-M. Gourio

*Choix de Pierre Chalmin*

ROBERT LAFFONT

Le papier de cet ouvrage est composé de fibres naturelles, renouvelables, recyclables et fabriquées à partir de bois provenant de forêts plantées et cultivées durablement pour la fabrication du papier.

Brèves de comptoir © Robert Laffont, 2002, collection « Bouquins »
© Pocket, un département d'Univers Poche, 2009, pour la présente édition
ISBN : 978-2-266-18169-3

## Au Café du Marché

Ça déballe dans la rue. Ça gueule. Ça rit ! Les couleurs s'empilent sur les trottoirs mouillés. Au bout d'un rayon de soleil, le printemps se balance. Raymond ! Magne-toi le jonc !

Elle est entrée boire un verre de vin blanc. Elle a quarante printemps. Les joues rondes et roses. Les cheveux roux comme les carottes qu'elle vend. Elle porte un pull comme on en met au ski, une rangée de sapins sur la poitrine. Ses seins font de jolies montagnes. Son pantalon de pêcheur garni de cent poches dégouline de rosée. Ses bottes en caoutchouc mou, marron, couinent sur le carrelage. Le bout de son nez brille comme une cerise. Ses ongles sont terreux. Ses doigts rougis, tout courts. L'alliance qui brille à l'annulaire de sa main gauche retient un brin de persil plat. La dame rousse est mariée au jardin.

Elle regarde une mouche qui boit sur le comptoir. La mouche pompe une goutte de bière grosse comme elle. C'est la première mouche de la saison au Café du Marché. Une grosse mouche lente et molle qui picole, à sept heures du matin !

Il fait doux.

Comme il faut bien que le temps commence, aille, et recommence, disons qu'aujourd'hui tout recommence, premier jour du printemps.

La mouche boit de la bière blonde et ses ailes brillent dans l'enfance du temps qui commence. La jeune femme disperse tout autour d'elle un parfum de terre mouillée. Une pointe sèche de cagette. On la croirait arrachée tôt ce matin d'un rang monté de belles rousses. Dans son ventre, pousse un bébé. Un pépin de môme. À partir de quarante ans, c'est dangereux d'être enceinte, oui ? Si ? Non ? Peut-être ? La dame est un pommier qui ne calcule pas pour faire sa pomme. Ça pourrait finir en compote. Que vive le doux ! Le soleil et les fleurs sont les plus forts.

Les poissons sur l'étal face au bar brillent et nagent en banc serré dans la glace pilée. Un chien blanc descend la rue en direction du square. Il va pisser dans le bac à sable où jouent habituellement les enfants. Il a pris cette habitude-là. Chien des rues malpoli. Les gosses font des pâtés de sable magnifiques, larges, hauts, à étages, les plus beaux pâtés de Paris, secrètement cimentés au pipi. Le chien repassera plus tard dans l'air alourdi du parfum des poulets qui rôtissent.

La dame avale son fin verre de blanc. Recommande. Même chose ! Elle attend le boucher. Un jeune du Nord qui a repris le fond. Petit boucher rasé frais au printemps. Il a la viande dans le sang. Elle, la salade et les framboises dans la peau. Joli mariage, menu brasserie. Baisers dorés saveur pommes frites. Salive au melon d'eau et crêpe sucrée. Café au lit ! L'addition !

— La seule langue étrangère que j'aime, c'est celle de ma fiancée.

La mouche s'est envolée. Elle titube au plafond. Soûle. Voit double. Pour l'insecte alcoolisé, c'est deux fois cent facettes. La grosse verte à viande s'emmêle les ventouses sur une moulure et tombe dans le pot de fleurs en plastique rouge posé sur l'étagère là-haut. La mouche ne bouge plus. À plat sur le dos. Sur la terre sèche et poussiéreuse. Tiède. Grande plage en pot coincé entre la bouteille de crème de noisette et la crème de banane, que plus personne d'ailleurs ne boit. Bzzzzzi. Un coup. Bzzzzzii. Deuxième coup. Vision désertique, à raz de mouche, air tremblotant, petits cailloux gris pointus qui affleurent, craquelures, grains de sable blancs et brillants, cadavres de moustiques secs. Ronron lointain, épais, de la machine à laver les verres. Une sirène de pompiers. Un café ! Un ! La mouche se remet sur ses pattes. Les frotte énergiquement. Là, seul, pointe au centre de ce désert en pot le petit bout vert tendre de la plante à Bébert – Bébert, manutentionnaire à Shopi, l'offrit, il y a deux ans déjà, un jour de Soleil et de paye, matinée de printemps, à Maryse, la grosse patronne ; gentil, maigre Bébert, emporté cet hiver à l'âge de cinquante-sept ans par un cancer du tabac (jamais il ne disait le cancer du fumeur, toujours le cancer du tabac), parti trop tôt, et qui laisse derrière lui, sur l'étagère, ce que tout le monde ici appelle « la plante à Bébert », imposante plante à bulbe qui donne de généreuses et odorantes fleurs roses dès le début du printemps.

— C'est un peu notre Bébert qui pousse là-haut, sur l'étagère, dès que le printemps est là.

La plante a percé ce matin la croûte un peu plus dure de la terre du bac. C'est le printemps. En bas, sur le comptoir, s'alignent les verres de blanc et les ballons de rosé. Bébert, qui pousse là-haut comme un con tout seul dans son bac à réserve d'eau, aimerait qu'on l'arrose parfois d'un saumur-champigny, bien frais. Que ça lui humidifie le bulbe. Il rêve d'un bon demi de Pelforth blonde, bien pétillant, plein de mousse ! D'un sandwich saucisson, avec les cornichons. La terre s'ouvre encore un peu. La plante, imperceptiblement, s'élève dans l'air chaud qui sent bon le vin frais. La tige d'un vert pâle se fonce au sommet. Dans sa taille adulte, la plante à Bébert peut atteindre trente centimètres, forte tige, et porter sans plier six à sept énormes fleurs. Les soirs où les tournées s'enchaînent, les plus avinés rigolent de la grosse bite verte à Bébert et de ses grosses couilles en fleurs posées sur l'étagère. Qu'importe. L'essentiel, c'est quand même d'en parler. Broutilles, ces dérapages dans l'ivresse du souvenir ! Ici, on n'oublie pas notre Bébert Dubois ! Tous les printemps, le généreux défunt vient nous fleurir sous le nez. Son reflet dans les verres.

— Au café, l'organe de l'amitié, c'est pas le cœur, c'est le foie.

La mouche s'envole, se cogne à la crème de mûre, rebondit sur le rhum des îles et tombe dans le verre du Chinois.

— T'en feras une soupe ! gueule la patronne au Chinois qui fume dehors sur le trottoir, nouvelle loi oblige.

Le Chinois ne répond pas. Il contemple les poissons au flanc argent, plus loin, les pyramides de tomates et là-bas, les pintades suspendues. Il laisse tomber son mégot. L'écrase du bout du pied. Se retourne vers la rousse.

— V'là ton Remi !

La jolie rousse sourit. La pointe de ses canines étincelle, on les sent capables de faire saigner la peau bleue du jeune boucher. Rapplique le louche-bem.

— Les petits ruisseaux font les grands rivières, alors un petit ballon !

Au Café du Marché, on va parler Europe, pain bio, soleil et prix de l'essence, Gaza, pouvoir d'achat, Miss France, rillettes, Carla et Sarkozy. On sent tout l'air vibrer. On va parler un peu de la

11

plante à Bébert. Qui en ce jour de printemps, pointe le bout vert de son nez.

— Faut pas se faire incinérer, parce que si tu reviens sur Terre, c'est direct dans le cendrier.

On va parler, parler. Au Café du Marché. Dans le va-et-vient incessant des clients. Rester, encore, pour goûter le calme de cet après-midi d'un début de printemps. Et puis traîner au bar, le soir doux venu, tout près de la porte ouverte. Odeur d'anis et de trottoir. Derniers gaillards entortillés dans la soie du comptoir, qui mâchouillent sans se presser le chorizo pour l'apéro. Le verre à la main. Sur un coude. Genou droit plié. Rêveurs et silencieux, un peu. Le temps de brefs instants d'engourdissement.

— Tu bois le dernier ?

— Avec plaisir ! Pour une fois que c'est le printemps.

Jean-Marie Gourio

Dans des millions d'années, le mec qui restera sur Terre pour les vacances, ça sera le con qui a pas de sous.
— Peut-être même avant.

C'est l'été !
— Pff… y a pas plus con comme saison !

Je me souviens jamais de ce que j'ai fait la veille.
— Ça devait être intéressant !

L'eau fait rouiller le métal, alors imagine ce que ça peut faire dans l'estomac !

Le poker, si tu joues pas du fric, tu t'ennuies.
— Comme le tiercé.
— Si tu veux.

On peut pas manger un camembert comme on mange une Vache qui rit. On ne peut pas.

T'auras beau m'expliquer dix mille fois, si je veux pas comprendre, je veux pas comprendre. Je suis pas une girouette, moi !

T'es encore là, toi ?

⚱

Les enfants aiment bien aller au cinéma, mais dans tous les films, on voit plus que des suggérations de cul.

Quand toute la forêt amazonienne sera détruite, on respirera quoi ? L'oxygène qui sort des poireaux ?

Faut pas trop arroser les plantes grasses, ça les fait maigrir.

Personne a le droit de juger quelqu'un, pauvre con !

Le langage, c'est ce qui différencie l'homme de la bête, plus tu dis de conneries, moins tu ressembles à un bigorneau.

Rien ne vaut l'amour d'une mère qui t'aime, même si elle te tape toute la journée.

⚱

Gandhi est le végétarien qui sur terre a mangé le plus de vache enragée !

La vigne vierge donne pas de vin, un peu comme les bonnes femmes, tout le temps qu'elles sont vierges, elles remontent pas le vin.

Il a raté son bac du premier coup !

Le pape qui embrasse un mec qui a le sida, ça m'a dégoûté d'embrasser des papes.

Les bacs à réserve d'eau, c'est plutôt bien, tu oublies d'arroser qu'une fois par mois.

Tu peux me traiter de tout ce que tu veux, mais de fainéant, y a que ma femme qui a le droit !

🍷

Des cons t'en as partout ! Chez les Noirs, chez les Blancs et chez les Noirs !

Vaut mieux entendre ça que des conneries !

Si tu veux apprendre le chinois par correspondance, je te raconte pas les sous qui passent dans les timbres !

L'alcool a tué tous les Indiens, mais ils ne le reconnaîtront jamais. Trop fiers, surtout les Sioux.

T'aurais beau pleurer, pleurer, pleurer toutes les larmes de ton corps, ça t'empêchera pas de pisser.

Et la troisième tournée, qui c'est qui me la paye ?

Les vampires ont peur de l'ail dans les films, dans la vie ça serait étonnant.

Les pavillons Phénix pourront jamais être des maisons hantées, c'est trop moche.

Rien ne ressemble plus à du Mozart que du Ravel, quand t'y connais zéro !

J'aimerais pas faire le tour du monde. Quand t'as fait ça, tu sais plus où aller en vacances, pas vrai ?

Si tu manges dix kilos de patates par jour, tu deviens énorme, avec des gros bourrelets de gras, c'est pas normal. Faudrait que tu aies des gros bourrelets de patates, avec des radis des bourrelets de radis. C'est normal.

Avec leur code, si tu nais sur le sol français t'es automatiquement français, comme des poireaux.

J'aime bien la musique classique, mais pas en mangeant.

Le monde est tellement con, on dirait que c'est moi qui fais tout !

Ce qui est bien dans les bistrots, c'est les habitués qui ont pas de trop mauvaises habitudes.

Si tu pousses plus loin, la subjectivité, c'est aussi subjectif.

Avec le karaté, tu peux tuer à mains nues, mais après on te laisse rentrer nulle part.

C'est quand même pas un chômeur qui va m'apprendre mon boulot !

Même si ils voulaient, ils pourraient pas mettre de doseurs à apéritif dans les fusées, ça descendrait pas dans les verres sans l'attraction de la Terre. Tu te rends compte ? C'est la Terre qui fait descendre l'apéro !

On se plaint que plus personne va au cinéma, mais faut voir, on est tout le temps assis au fond !

D'un côté t'as la littérature, et de l'autre côté, t'as le charabia. C'est tout !

T'as les Russes qui vont dans l'espace, ils tournent vingt fois autour de la Terre, ils retombent juste en Russie ! C'est des coups à faire la gueule !

Pour être bien peinard, j'emmène même pas une brosse à dents.

On voit de moins en moins de jambes de bois à cause des fumeurs.

Moi ça m'ennuie pas si un jour on a encore un roi, mais faut pas que ce soit un Noir, comme les rois nègres.

Y a mille ans, le téléphone, on aurait dit que c'était un miracle. Peut-être que les miracles d'aujourd'hui, dans mille ans, ça sera comme le téléphone…

On peut dire que seul le temps est invincible, et encore, si ta montre est arrêtée, on peut dire que non.

J'aimais bien « Le Jeu des Mille Francs ». On pouvait gagner mille francs.

Toi, je te sers mais pas lui !
— Écoutez, c'est nous deux ou personne.

Dans une assiette de bouillon, ils mettent environ un gramme de bœuf, et ils appellent ça du bouillon de bœuf. C'est culotté, je trouve…

Tu les connais les producteurs de cinéma, un jour c'est oui, un jour c'est non, eh ben pour *Superman*, au début, c'était non, à cause du slip qui moule.

L'anthropophagie, ça pouvait pas exister avant l'apparition de l'homme sur terre, petit malin, vu que l'anthropophagie c'est des gens qui se mangent entre eux !

L'année dernière, on avait des moustiques encore plus gros que l'année d'avant. L'année prochaine, ça va faire drôle…

Le strip-tease, au fond, c'est comme si on épluche la salade devant toi.

Chez beaucoup d'animaux, le mâle a plus besoin d'aller à la pêche que la femelle.

Quand tu déracines un arbre, il pleure pas sur son terreau !

Les singes se branlent toute la journée, mais ils ne comprennent pas ce qu'ils font.

« Et leur cria, terrible : Ô dieux, il est un dieu ! » C'est tout ce que je me souviens de Victor Hugo.

L'ETA militaire, tu peux être sûr que c'est un ramassis de mecs qui voulaient pas faire leur service.

☙

Si on est pas au bistrot pour dire des conneries, on va les dire où ?

Les Photomaton, c'est pour les photos d'identité, pas pour faire des conneries avec des chapeaux de cow-boys, après faut pas s'étonner si ça marche jamais !

Tous ces tremblements de terre à Los Angeles, c'est prévisible, la ville est construite sur une faille ! On aurait pas idée de se construire une villa sur la raie des fesses !

Tu vois cette main, eh bien ça fait quarante ans qu'elle me torche le cul. Dimanche, j'ai serré la main à Pierre Joxe ! Oui !

Je me lève avec le Soleil et je me couche comme le Soleil, tout rouge.

On part dimanche midi, samedi soir c'est le bordel, y a tous les cons qui partent.

Le sable est une des matières les plus dures qui existent, d'ailleurs, ça gratte dans le slip.

J'avais amené la radio aux cabinets, et j'ai entendu Madonna en faisant caca, ça m'a pas bouleversé. C'est que de la variété, en fait, bien ficelée mais que de la variété.

J'aime pas aller me baigner à la piscine, tout le monde te regarde si tu te noies, c'est la honte.

La java, ça n'a pas de couleur, ni bleu ni autre chose.

Un parallélépipède et un rectangle, c'est pareil. Pour ranger des biscuits, c'est parfait comme boîte.

Je peux lui donner un sucre ?... Je demande avant, parce que des fois, des gens aiment pas qu'on leur donne du sucre… Remarquez, si tout le monde leur donne du sucre, ils deviennent aveugles, alors c'est pas mieux. Sussucre… hop… il en veut pas… il est bien fier, ce chien à la con…

Un verre en cristal est trop fragile pour qu'on puisse boire dedans peinardement.

La limande, c'est un poisson plat, pas par hasard, mais à cause de la pression au fond.

On est contents de partir, mais après on est contents de rentrer, surtout si on s'est fait chier.

Si j'ai le temps, j'en profiterai pour faire du cheval. Sinon, je ferai du bœuf aux carottes.

Si t'es peintre du dimanche, faut t'organiser et pas tomber en panne de rouge à quatre heures de l'après-midi, tout est fermé.

Le Soleil brûle alors qu'il n'y a pas d'oxygène dans l'espace. Comment c'est possible, ça ?

Au hasard, tiens… le… le Gabon, t'enverrais ta fille faire des études au Gabon ? Non, évidemment, c'est pour ça que tous les bons collèges sont en Suisse.

En cas d'orage, faut surtout jamais t'abriter sous un arbre, c'est comme les chiens, si tu montres que t'as peur, ça énerve la foudre.

Si tu fais tous les musées, tu vas te bousiller les yeux.

Ma parole, t'as bu ailleurs, t'as le coude tout mouillé !

Jeanne d'Arc était la pucelle d'Orléans, on dit pas ce qui s'est passé à la sortie d'Orléans…

Le jour où tu me verras rentrer chez moi et enfiler des pantoufles, c'est que j'aurai mal aux pieds.

Les services secrets français, avant d'être secrets, c'est français, je sais pas si tu vois…

⚑

On doit pouvoir faire du fromage avec du lait de femme si la femme veut bien.

Une fois que j'ai bêché le jardin, les ampoules tu peux les compter sur les doigts de la main.

Je passais pas une année sans écraser un hérisson, mais maintenant t'en vois plus.

Si Zorro existait il serait moins rapide que Lucky Luke.

Si tu vas à l'étranger, mange rien si c'est pas lavé.

Je me fais pas d'illusion, quand mon gosse aura grandi il m'aimera pas, je suis pas plus malin qu'un autre.

Les chiens qui sont de très très bons gardiens de troupeaux connaissent les moutons par leur prénom, faut une sacrée mémoire pour être un chien de troupeau !

J'ai visité un peu la France profonde, et même la France très profonde, alors là, je peux te dire que j'en ai vu des connards des grands fonds !

Une fois que les spationautes sont sélectionnés, ils vont plus à la même cantine.

Tu sais ce que ça représente la télé quand t'as des gosses ? La TRAN-QUIL-LI-TÉ !

Une abeille qui prend des vacances doit bien se douter que la ruche apprécie pas, c'est forcé, quand elle rentre en septembre personne lui parle.

Le mieux, pour les gosses, c'est la campagne, ils peuvent aller dans les fermes regarder les animaux qu'on mange.

J'envoie jamais de carte postale, les mecs des PTT peuvent lire si t'as un temps de merde et ça les regarde pas.

L'instruction, faut que ça serve à quelque chose sinon ça sert à rien, tu crois pas ?

On a visité le château où Henri IV est né ; à Nérac, on a vu son berceau et c'est pas mal haut de plafond. Surtout pour un bébé.

Les mandarins, c'est des Chinois qui fument de l'opium, ceux qui picolent c'est les mandarins-curaçao.

Même si un jour on peut attraper le monstre du loch Ness, on arrivera jamais à le foutre dans un cirque, faudrait trop d'eau.

Si la Bourse continue à baisser, vendredi ça va être un jeudi noir.

Le saumon fumé, c'est bourré de nicotine.

L'étoile Polaire est couverte de glace, sinon pourquoi veux-tu qu'on l'appelle polaire ?

☙

Dans l'architecture moderne, t'as qu'un truc à garder c'est la maison que l'architecte s'est fait construire avec l'argent.

Cet été j'ai passé une semaine à Volvic, j'ai l'impression que ça fait un siècle.

Quand j'étais petit je mangeais mes crottes de nez.
— Comme moi.
— Évidemment, si on te laisse parler, t'as tout fait mieux que tout le monde !

Me regarde pas comme si j'avais bu ton verre, je te dis que c'est pas moi.

Plus on vieillit et plus les années passent vite, la dernière année doit filer à une vitesse ! Et la dernière seconde !

*Les Incorruptibles*, on est obligés de payer pour les voir !

Au championnat de France de tricot, elle est arrivée 121$^e$, évidemment ! La veille elle s'est couchée à minuit ! Comment veux-tu...

En règle générale, on va plus souvent à la baignade l'été que l'hiver, si il fait beau, mais pour ainsi dire il fait souvent beau.

On trouve tout à la Samaritaine, même des voleurs.

Je sais pas ce que je ferais face à un lion, mais je suis sûr que je crierais pas « au lion ! au lion ! »... c'est nul !

Deux billets de cent balles, par terre, sous le siège du bus, j'en revenais pas !
— Souvent, la réalité dépasse la fiction...

C'est pas en mettant plus de flics qu'on aura plus de sécurité, c'est en mettant moins de gangsters.

La forme des palmes est copiée sur les pattes de canard, faut pas être Tarzan pour inventer ça.

Si tu donnes l'autorisation au Ku Klux Klan de tuer tous les Noirs, après ça sera autre chose !

Les lépreux n'ont souvent plus de pieds et plus de mains, c'est vraiment une maladie horrible pour les pieds et pour les mains.

Un mètre de boudin représente quatorze parts, du moins en Occident.

La connaissance de soi-même passe par la tête, en quelque sorte.

Quelle heure il est ?
— …
— T'as l'heure s'il te plaît ?
— …
— Sans déconner, t'as l'heure ?
— …
— Tu veux pas me donner l'heure ?
— …
— T'es vraiment con quand tu t'y mets !
— J'ai pas ma montre…

La femelle de l'orang-outan ressemble pas du tout à une femme, alors que le mâle a une bite comme nous… où c'est que je voulais en venir ?…

Le Sacré-Cœur a été construit en trois mois, et pourtant, t'as vu la qualité !

Tout ça, c'est magouille et compagnie ! D'ailleurs, je demande toujours qu'on coupe le jambon devant moi, pour pas acheter du vieux déjà coupé de la veille.

Un microbe, juste à sa naissance, il est pas trop méchant, mais dès qu'il est grand, tu deviens malade. Un bébé microbe, rien, mais c'est un adulte microbe qui t'emmerde, si tu préfères.

La mer c'est dégueulasse, la terre trempe dedans.

Le corps d'une femme est bien plus beau au cinéma qu'à la maison, en règle générale.

Faudrait me payer cher pour partir en vacances avec mon patron.

Tu vas pas bosser ?
— Non, Lino Ventura est mort, c'est pas un jour ordinaire…
— Qu'est-ce que tu bois ?
— Comme d'habitude.

À l'armée, on nous faisait balayer la cour avec une brosse à dents, c'est là que j'ai commencé à avoir des dents pourries.

Le bien et le mal, c'est des idées de curé ! Y a pas de bien, y a pas de mal, y a que du bon.

C'est facile de faire une association contre le racisme si t'aimes les Noirs. Le plus beau geste, c'est d'en faire une si tu les hais. Alors là, chapeau !

Réfléchir à rien, les vacances c'est fait pour ça. Un mois, c'est pas trop.

Chantal Goya, c'est un pseudo. Son vrai nom, c'est Isabelle Goya.

C'est un mec qui mâche pas ses mots, du coup il avale ses conneries tout rond.

Bâbord, c'est la gauche, tribord, c'est la droite, et jusqu'au bord, c'est du rosé.

J'ai bouffé du serpent dans un restaurant japonais, mais à mon avis c'en était pas, plutôt du chat, tu les connais…

J'ai lu un bout du Nouveau Testament ; c'est comme tout, ça vaut pas l'Ancien.

Il a été enterré dans la dignité, ça doit être une île dans le Pacifique…

La corrida c'est super cruel. À Dax, j'ai pris un coup de poing dans la gueule en bas des tribunes.

Les SS devaient faire des concours de pets, comme n'importe quels soldats, et ça on y pense pas.

Non ! Pas le foie !! Pas le foie !!! Jeu de mains, jeu de vilains, bordel !

Les matchs de catch sont tous truqués, sinon le Roc Breton aurait jamais aucune chance contre le Building de Manhattan.

J'ai vu une bonne femme énorme dans un stand de la foire du Trône, mais vraiment énorme. À mon avis, c'est la plus grosse femme du monde.

Je voudrais être comme Jacques Chirac, mais blond.

J'allais au Palais de la découverte quand j'étais gamin, avec de l'électricité on te faisait dresser les cheveux sur la tête, comme quand t'es en moby-lette… pas mal.

Ta tête est lourde, lourde, il fait chaud, très chaud et tu es pris d'une irrésistible envie de boire un coup, chaud, chaud…
— Un pastis !
— Tu vois que ça marche.

Si tu pètes pendant deux heures, tu peux être dans le *Livre des Records*, ils ont pas le droit de refuser.

T'as une idée sur le nombre de gens qui sont morts depuis que la Terre existe ?
— Vachement.
— Une idée comme celle-là, merci bien…

Te casse pas, le courant alternatif et le courant continu, c'est exactement la même chose, mais le courant alternatif, c'est moins cher, comme les miettes de marrons glacés et les marrons glacés, si ça peut t'aider.

La raie au milieu, ça fait pédé, regarde la raie du cul !

Au début ils mettaient cent allumettes par boîte, et après quatre-vingt-dix-neuf, quatre-vingt-dix-huit, petit à petit ils en mettent moins sans le dire, personne fait gaffe, et un jour on achètera des boîtes avec une allumette sans s'en rendre compte.

L'escargot promène sa maison sur son dos, comme un con.

Ça va ?
— Non.


Zapper, ça veut dire passer d'une chaîne à l'autre à toute vitesse, comme Patrick Sabatier.


Laisse pas le petit jouer par terre avec des papiers sales.
— C'est pas des papiers sales, c'est des tickets de tiercé.


À partir de cent quarante, le chien se met à hurler dans le break, comme si il sentait la vitesse. On lui donne des cachets.


Je me demande bien ce que tous les touristes viennent foutre à Paris, moi j'y passe déjà onze mois, tu m'y enverras pas en vacances !


Si j'avais du pognon, je ferais bien le tour du monde en solitaire avec un pote.


Les bergers landais sont moins cons que les autres, ils mettent des échasses pour pas marcher dans la merde des moutons.


Des hold-up du siècle, t'en as grosso modo quatre par siècle, pas beaucoup plus.

On devrait plus avoir le droit de dire « la presse écrite », maintenant c'est « la presse tapée à la machine », les mecs savent même plus tenir un stylo !

T'allumes la télé, ça parle de drogue, t'ouvres la radio, ça parle de drogue, t'achètes le journal, ça parle de drogue, y a plus que les drogués qui en parlent plus.

Soixante-dix, c'est soixante plus dix, comme quatre-vingt-dix, c'est quatre-vingts plus dix, enfin bref, je roulais à cent soixante-dix.

Aucune idéologie, quelle qu'elle soit, ne mérite qu'on comprenne tout !

Souvent les grands spéléologues demandent à être enterrés avec leur matériel, c'est pour remonter du trou après la mort, les mecs sont forts…

J'ai la Lune à côté de chez moi, des fois je la regarde.

Pour visiter Alger, t'es obligé de serrer ton sac, cramponner ton appareil photo, planquer ton portefeuille et enlever ta montre, c'est plus de la balade.

Allez hop, au boustrot ! Non… au boulot, j'ai la langue qu'a fourché.

C'étaient des images en direct qui arrivaient par satellite, alors faut pas être pressé, les mecs dans le satellite commencent par se les regarder, ils se font un peu chier, tu comprends.

Les fourmis élèvent des pucerons qu'elles traient pour se nourrir.
— C'est complètement con, t'as rien comme lait dans un puceron !

Si les Iraniens deviennent maîtres du monde, j'ai plus qu'à fermer ma charcuterie pour ouvrir une fayoterie. Fayote ! Fayote !

Tous les grands cuisiniers sont des hommes, les femmes mettent trop de sel.

Il arrive à éplucher un kilo de pommes et faire qu'UNE épluchure ! Un mec incroyable !

Ma femme parle toute seule, mais elle m'a dit que c'était seulement quand y avait du monde. Toute seule, elle parle pas.

Dans les zoos modernes, la plupart des animaux sont nés en captivité, ça leur donne l'air gai.

Je suis épaté par les gars qui dessinent les cartes routières, c'est une sacrée responsabilité, t'imagines qu'ils oublient un virage !

Les constructeurs du *Titanic* disaient : « Dieu lui-même ne pourrait pas le couler. » Il l'a coulé, cet enfoiré !

Des gardiens de nuit ! Comme si on allait la leur voler ! Une nuit, ça nous suffit !

Quand tu éteins ta télé, crois pas que les techniciens arrêtent le film. T'es pas tout seul à regarder.

C'est con de peindre un tableau et que ça ressemble comme sur une photo ratée.

C'est difficile d'imaginer comment ça sera arrangé ici, dans neuf cents milliards d'années, déjà qu'en dix ans la plupart des bougnats ont disparu, t'as plus que des grandes brasseries. Au pis, ça existera plus, ça sera des bureaux hypermodernes...

S'ils vendent les petits-suisses par six, c'est pour que les gens fassent des gosses.

Les moutons sont tellement cons que la cervelle a pas de goût.

J'avais oublié mon numéro de dossier, on m'a quand même fait remplir une demande d'allocation, depuis quelle date j'avais arrêté de travailler, si j'avais fait du préavis, si c'était la première fois que je m'inscrivais, et ils ont dit qu'on me versera le reliquat le plus adéquat… c'est quoi ?

Les gens s'achètent des animaux exotiques à mettre dans leur appartement, des singes, des boas, même des crocodiles, si ils ont un malaise on retrouve même plus les pantoufles !

Un train qui roule à six cents à l'heure, si tu le rates, je vois pas le progrès.

J'aime pas le côtes-du-rhône, dans l'absolu…

À qui je paye mon téléphone ?
— À la caisse tabac.
— C'est qui, Kestaba ?

On fait des photos de vacances, on fait pas des photos de boulot, y a une raison !

T'ouvres le journal, ils parlent que des femmes battues, imagine la bonne femme qui prend une rouste et après elle épluche les patates sur sa photo...

L'éléphant se sert de sa trompe pour boire, Dieu lui a pas donné pour porter les commissions...

*Le Gendarme et les extraterrestres*, ça m'a pas fait marrer, remarque, je l'ai vu le soir de l'enterrement de ma mère, c'est peut-être pour ça.

🍸

Un enfant tient de son père et de sa mère, il rentrera tard, MAIS avec des fleurs !

Je demande qu'à te croire, mais il faut que tu demandes qu'à pas me mentir.

Je vois pas du tout à quoi ça sert, les ongles des pieds ?

Je pense pas qu'on puisse voir le caractère de quelqu'un sur son visage. L'été, quand on est bronzé, on n'aurait pas le même caractère que l'hiver ? Et ceux qui ont eu des accidents ? C'est des conneries, tout ça...

Pour imaginer l'infiniment petit, faut déjà pas être con. Alors l'infiniment grand, j'en parle pas !

J'arriverai jamais à comprendre comment on peut tenir sur un vélo. Sans tomber, je parle.

Tu manges, tu grossis. Tu manges pas, tu maigris. Ça serait plus marrant si en mangeant on grandissait et qu'en mangeant pas on rapetissait. Imagine des mecs de quatre mètres.

— Et les nains ?

— Ah ouais. J'y avais pas pensé.

Les nuages, c'est que de l'eau qui vole. Pas plus, pas moins.

Des satellites, ils arrivent à faire des photos où on peut voir une balle de ping-pong. Moi je m'en fous, je joue dans le garage.

Est-ce qu'un aveugle en plein delirium, il voit des araignées ?

Un camion de trente tonnes lancé à cent à l'heure peut pas éviter un hérisson. C'est au hérisson à se pousser, c'est tout.

La mémoire, c'est bien, on se rappelle de tout.

Avec un seul orage, on doit pouvoir faire marcher un frigo pendant mille ans.

L'eau bout à cent degrés, mais à cent un elle débout pas.

Trois cent mille kilomètres/seconde, c'est la vitesse de la lumière. Tu te rends compte ! Alors que des fois je mets une heure à trouver le bouton.

Les globules rouges transportent l'oxygène et les globules blancs défendent l'organisme. Les globules rosés, je sais pas.

Le papier adhésif, c'est juste du papier avec de la colle dessus. Tu peux te le faire toi-même, si tu veux.

Le soleil, c'est rien d'autre qu'une grosse centrale nucléaire, sauf que les centrales ça marche aussi la nuit du samedi au dimanche.

☙

En l'an 2000, on pourra modifier le climat.
— Comme maintenant, si on a trop chaud on ouvre la fenêtre.

C'est avec le nerf optique qu'on voit. L'œil, c'est juste pour regarder.

Si les volcans d'Auvergne se réveillent, on perd au bas mot une bonne cinquantaine de fromages. Croise les doigts.

Une minute, c'est soixante secondes, je sais, mais une seconde, c'est quoi ? Pour de vrai ?

Certaines fosses marines peuvent atteindre douze mille mètres de profondeur. Quand t'es au fond, la surface de l'eau est à douze kilomètres au-dessus de ta tête. Si tu pètes dans l'eau, la bulle met deux jours.

L'année dernière, j'avais que des coups de soleil, rien cette année. Il se rapproche pas de la Terre, le Soleil, mais plutôt il s'éloigne.

On dit que la lumière du Soleil va très vite, en attendant elle met toute la nuit avant d'arriver.

Si les télépathes avaient des pouvoirs, ils auraient pas le téléphone.

Moi, dans ma famille, on est vivant de père en fils.

J'aime pas du tout les sports qui demandent un instrument, le saut à la perche par exemple, sans ta perche tu peux rien faire, avec tu sautes cinq mètres, on dirait que c'est la perche qui saute et toi t'es collé dessus comme une moule, t'attends…

Les mathématiciens ont tout le temps la tête dans les chiffres, si tu discutes avec eux, ils ont pas dix doigts de pied, mais deux fois cinq doigts de pied. Torturés, les gars…

C'est génial d'habiter sur une péniche, tu vas au fil de l'eau, tu peux même avoir des chiens, les puces peuvent pas monter.

J'aurais bien voulu apprendre à jouer de la trompette, mais la trompette c'est malpoli quand tu discutes avec des gens.

L'inventeur de la roue avait dû croire que ça ferait juste une table pour le jardin, et finalement, quand on voit ce que c'est devenu !

Le grand écart demande une immense souplesse et un petit coup de balai.

Un cas typique de maladie sexuellement trans-missible, c'est la famille.

44

Les Aztèques avaient compris bien avant nous qu'en construisant beaucoup de temples, ça attirerait des milliers de touristes.

Le désert, c'est des maisons pas encore construites à côté d'arbres qui ont pas encore poussé.

J'ai une petite maison à la campagne, eh bien tu me croiras si tu veux, je suis rassuré quand des romanichels s'installent près du village, en cas d'orage la foudre tombe sur eux.

Le requin attaque l'homme si l'homme se baigne en mer, en piscine, c'est la Javel.

La mer peut nous nourrir pendant des milliers d'années, mais attention faut aimer le poisson…

Rouge, orange et vert, il s'est pas foulé la tête le mec qui a inventé les feux… même pas de bleu.

Je lui serre pas la main, il serre comme un cheval.

Amnesty International va sortir un rapport sur les patrons de bistrot qui ne paient jamais un coup à leurs clients.

— Je te crois pas.
— Pourquoi ? T'as peur d'être dedans ?

L'Opéra a été mal insonorisé, à quinze mètres on entend encore la chanteuse.

La mode des grands couturiers est pas portable, des fois tu vois des costumes en fer avec des ceintures en bois qui appuient sur le foie.

On reconnaît plus rien. C'était un pré où on campait, maintenant c'est un camping.

🍸

Du Picon-bière au cassis ? Même Picasso boirait pas de ça !

Tu m'avances les cacahuètes, s'te plaît, tout à l'heure je t'ai avancé les œufs…
— Oui, mais à partir de maintenant, on se doit plus rien !

Quand la maman éléphant accouche, la sagefemme a pas intérêt à rester en dessous.

Tu m'expliqueras comment en commandant un sauvignon je me retrouve avec un beaujolais, tu m'expliqueras celle-là ?

Merde, j'ai noyé mon pastis !
— Tu veux que j'appelle un CRS de comptoir ?

Au début elle est froide la bière, mais après elle est bonne…
— Tu t'es baigné ?

Là où on va l'été, il fait tellement chaud qu'elle a pas besoin d'essuyer la vaisselle, elle emmène un seul torchon, pour te dire le soleil…

Rien n'est pire qu'une bonne adresse où tu manges mal…

Au début quand t'es bizut c'est dur, mais après c'est toi qui leur fous des cous de poulet dans le cartable.
— Alors comme ça, c'est vrai que t'as fait médecine…

Schéhérazade, tu parles d'une connasse, avec un nom pareil !

Dans un typhon, ton chapeau ferait pas le poids.
— Je sais.

Des grêlons petits comme des œufs de four-mis !
— T'exagères toujours dans l'autre sens, toi…

Au piano, tu tapes ton boulot en fait.

Quand je me couche, j'ai toujours peur de pas me réveiller, heureusement que ça m'empêche pas de dormir !

Je croyais que tu bossais ?
— Qui c'est qui t'a dit ça ?!

Y a longtemps que t'as ouvert ?
— Cinq… dix minutes…
— Ah bon !

Bois mon verre, c'est ça, te fais pas chier !
— T'as renversé le mien, c'est de la légitime défense.

À la petite école, on écrivait tout au porte-plume, même les fautes, pour que ce soit beau.

Ça s'est bien passé la rentrée ?
— J'ai eu du mal, avec tout ce qu'on s'est mis !
— Mais non, je te parle de ton gosse ! L'école !

Les fous paient pas d'impôts, ils sont peut-être fous mais ils sont pas cons, ah ça non !

Dans un cercueil faut pas monter devant, c'est la place du mort !

Tu crois qu'il a entendu ?
— Je sais pas… redis-lui…
— HO ! DEUX DEMIS !

Tu fais quoi dans la vie ?
— Retraité EDF.
— Ah… c'est bien…

Personne a encore eu l'idée de faire le programme de télé en bandes dessinées ! Y faut que ce soit moi, qui suis pas du métier !

Si James Bond bande mou, alors moi je suis le pape !

Les jeux Olympiques à Séoul, et après ça sera au Tchad, et après derrière les poubelles, tu verras… les jeux cafarpiques !

Avec une encyclopédie tu peux tout savoir.
— Je savais pas.
— Tu savais pas ?
— Si… mais enfin, je…

Pour faire de la voile par là-bas, tu parles d'une merde, le vent arrête pas de tourner, une vraie girouette !

Alors, c'était bien ces vacances ?
— Tu parles, on était dans un camping où y avait que des cons !

Je suis incapable de bosser le vendredi, sachant que le lendemain c'est samedi.

Les bulles de savon puent de la gueule, vu qu'on les gonfle avec la bouche !

Leur pyramide du Louvre, t'as vu ça ?! Dans un an, c'est cassé…

C'est comme leur Beaubourg, j'en voudrais pas dans mon jardin !

C'est pas des êtres humains les mecs qui tuent les enfants, c'est des monstres, souvent même pas français !

T'as vu ça, un mec qui trouve une souris dans sa boîte de bière, il a demandé cent briques de dommages et intérêts.
— C'est pas énorme.

Voilà patron, dix baguettes et dix croissants !

— Merci Rachid, ça t'ennuie pas d'aller au tabac, j'ai plus de gitanes ?

— Tu paies un coup, patron ?

— Après, Rachid, après.


Tu veux ma photo ?!


L'Europe de 1992, ils peuvent se la garder, je vais en vacances en Espagne.

⚜


Les vieux nazis, on les mettrait dans un hospice comme les autres petits vieux, ça serait déjà une sacrée punition, mais là, on pourrait pas aller les filmer, tu comprends…


Tu me passes le journal…

— Lequel ?

— Celui d'aujourd'hui, s'te plaît…


Je te conseille d'aller dans ce restaurant, ça a bon goût.


Il faut leur faire exactement pareil aux violeurs de gosses ! Les violer, les battre, les étrangler et les mettre dans un sac plastique dans leur escalier !

— Et leur offrir des bonbons pour les attirer.

⚜

Qu'est-ce que je me suis fait chier à visiter leur Aqualand, j'ai pas tenu plus d'une heure ! Remarque, dans un Pinarland, un poisson tiendrait pas une minute !

Avant, quand t'accouchais une bonne femme tu pouvais tout mater, mais maintenant le mari est là.

Il appelle son chien « Merde de chien », tu vois le genre du chien !

Il a commandé une fois un demi, y a dix ans, et depuis il dit « la même chose ! ». Je l'ai jamais entendu redemander « un demi ! »... il est renfermé, un peu.

Souvent les anciens combattants jouent bien à la belote.

T'as rien dans une roulotte, alors que dans ma caravane j'ai les cabinets !

Les saints enlèvent leur auréole que pour la douche.

Éléphant, baleine, avion, ça fait quatre cents tonnes si je pèse mes mots !

Y a que les cons qui changent pas d'avis !
— Tu parles, hier tu disais le contraire !
— Ça m'étonnerait !

Bof… on fait aller…

Pourquoi tu le ressers et pas moi ?

Il est mort tard ?
— Oh ! À pas d'heure !

C'est pas pour une question d'argent, mais si tu pouvais me rendre mes sous…

On y voyait pas à deux mètres dans ce brouillard, heureusement que j'ai le capot de la voiture qui fait un mètre quatre-vingts !

Les trous noirs sont comme de l'antimatière qui avale tout.
— Ça va, j'ai compris, je suis pas débile.

Ça te dirait, une choucroute-partie ?
— C'est quoi ?

🍾

Elle est tout le temps gaie, elle pétille comme un Aspro !

Les fleurs de tournesol suivent le soleil, la nuit elles suivent tes phares.

Platini sait ce qu'il fait, te bile pas.

Merde !

C'est bien joli l'énergie solaire, mais le soleil est déjà chauffé !

Tu devrais embrasser tes gosses, des fois…

« Violée par trois voyous, elle tue son enfant et se pend »… la salope…
— Tu me le prêteras après ?…

Allez, je vais bosser…
— Bon courage !
— Pas la peine, je vais rien foutre.

Pour jouer dans un grand orchestre, il faut pas être malade en car.

Tu sais ce qu'ils font toute la journée au centre aéré ? Ils fument !

Il n'y a pas de feu accidentel, le feu sait très bien ce qu'il fait !

Sans arrêt sa femme doit lui dire qu'il est nul à Chirac, ça se voit…

Elle veut faire dentiste, mais avec les notes qu'elle a, elle fera plutôt dent…

Les papillons de nuit se couchent quand on se lève, on se croise dans l'escalier.

Tu me fatigues !

La pêche sportive c'est comme l'autre sauf que c'est des sportifs qui pêchent.

Le bois brûle, et c'est de naissance !

Souvent elles ne se lavent pas et à la place elles se maquillent, c'est l'âge qui veut ça.

Le vent normal ne vole pas pendant les typhons, c'est un vent spécialisé qui casse tout.

Le blanc éloigne les abeilles, d'ailleurs les infirmières ne sont jamais piquées.

Pour restaurer une vieille maison faut du goût, et des sous, et pas un café en face parce que sinon…

Ceux qui disent que le défilé était raté, c'est ceux qui sont jaloux du dynamisme du comité des fêtes !

L'alcootest devrait être de zéro gramme huit pour les femmes et d'un kilo pour les hommes, un petit kilo.

Le tambour très bien joué empêche pas de parler…

Attention, t'as une mouche dans ton verre…
— Je vais boire un peu, elle aura pied…

Elle veut un caquelon à fondue pour sa fête.
— Un… ?…
— Caquelon !
— Putain… elle est intello ta femme…

Sur le toit de la tour Eiffel, on trouve qu'UNE tuile !

Le rosé donne mal à la tête, c'est une couleur qui ne plaît pas…

Dans les couvents les sœurs ont pas le droit de parler, sauf quand elles renversent de la soupe elles disent pardon.

Picasso, on dirait que c'est accroché à l'envers.

L'intelligence, au fond, c'est une maladie de la connerie…

Les feuilletons à suivre font qu'un épisode à la télé russe.

Si je me démerde bien, à midi, j'ai fini.

Comme je dis souvent à ma femme, « ta gueule ! ».

C'est vrai que ça coûte cher un manteau de vison, mais d'un certain côté, tu trouves tout de suite du boulot si t'as ça sur le dos.

Que les astres nous gouvernent, moi ça me gêne pas.

Les poules sont très anonymes, elles n'ont pas de prénom comme Rex, ou Moulouk, Croc, c'est joli aussi, on dit les poules et c'est tout.

Dimanche on a visité Versailles mais comme j'avais trop chaud, je suis resté dans le jardin.

Ils ont préféré inventer le vélo tout-terrain qu'enlever les cailloux, ça, c'est bien les Français !

J'aime pas voir une femme saoule, c'est pas naturel… c'est même ABSOLUMENT pas naturel.

Je plais beaucoup aux femmes, si je veux je me lave même pas !

Dans « couilles », tu as « ouille », pour dire de pas taper dedans.

Dans les studios de cinéma, le bruit de l'orage ils le font en tapant sur des morceaux de tôle, le bruit de l'été c'est en tapant sur des grillons.

La plupart des maladies mortelles, on les ramène de vacances, alors qu'en France on a de si jolis coins !

Jack Lang, tu lui mets une olive dans le cul, c'est pas de l'huile qui sort, c'est l'olive que tu revois plus et c'est tout !

Tu savais qu'Adamo rachetait les crottes de chien à la SPA juste pour se coucher dessus ?

Les boîtes de nuit à Pigalle, pff ! c'est de l'attrape-gogo, tu entres et t'as une fille toute nue qui veut t'épouser, alors tu paies du champagne et à la fin elle veut plus… c'est légal ? Pas sûr…

Oh ! con putain ! Il est bouchonné putain con !

Plus tu sales la soupe, et plus les carottes vont flotter.

⛫

Dans la Grèce antique, tous les meubles étaient neufs, on ne trouvait pas d'antiquités bien sûr !

Tu as le droit d'être pape, à condition de ne pas être marié.

Quand t'es pèlerin du monde, tu marches, tu t'arrêtes pour manger, tu remarches, tu t'arrêtes pour manger, tu rentres, tu fais la prière et au lit. T'as pas envie de te branler après une journée comme ça, ah non !

Quand tu téléphones à Moscou, comme ils n'ont pas de répondeur à musique pour faire patienter, ils font chanter l'armée Rouge dans le combiné !

Si tu donnes ton foie à la science, elle va faire un putain de bond en arrière !

Les papillons ont des jolies couleurs et on les tue pour ça... ils seraient laids peut-être qu'on les... remarque non, vu que les nègres qui ont pas de jolies couleurs, on les tue aussi pour ça.

SCOUBIDOUWA !
— T'es gai comme un pinceau ce matin !

Si tu es un crabe, à marée descendante tu crois qu'on t'enlève tes meubles.

Dans ce café où j'entre, je lis un écriteau : « Les consommateurs sont priés de renouveler leur consommation toutes les demi-heures. » Je suis parti à côté, à côté c'est toutes les deux minutes !

Une libellule grosse comme ça, parole d'homme !

On est pas des robots, moi quand je vois une belle femme j'ai tout de suite envie de l'inviter à boire un coup. C'est naturel.

Le rouge c'est la couleur du feu, de la force, de la violence, alors que l'orange c'est la couleur du jus d'orange.

Qui n'a jamais rêvé d'être propriétaire de sa propre camionnette ?

Ça sent bon dis donc, c'est quoi ?
— Des frites.
— C'est pas une odeur de frites.
— Ah, j'ai mis du senteur des pins à cause de la fumée.
— Je vais manger ça.

Avec leur putain de grève de fainéants, on sait plus qui fait quoi ?!

Il faut savoir qu'un gars qui gagne trois milliards au Loto ne gagnera plus jamais, il faut savoir ça, il a plus qu'à jouer au tiercé mais avec les chevaux on gagne presque rien !

❦

Au Moyen Âge la population parlait en vieux français, on disait François au lieu de Français et Marçois au lieu de Marcel !
— Moi, ça serait Bibois pour Bibi.

La méditation c'est très reposant, c'est quasiment la sieste hindoue.

La nuit je ne rêve pas, je dors et c'est bien assez !

Tu bois rien ?
— Non… j'ai bu comme Picasso, je suis barbouillé…

Les pilleurs de tombes étaient victimes de la malédiction des pharaons, que des ennuis, les clefs dans le sable, le carter qui fuit, la bouffe pas cuite, et des fois pire !

Je rêve d'un monde où on serait tous égaux, t'en boirais pas deux quand j'en bois un !

C'est génial de regarder le ciel étoilé les soirs d'été, tu penses plus à rien, t'es bien, t'es un môme…
— J'ai pas de balcon.

Un seul microbe qui entre dans l'hôpital et tous les malades peuvent demander une pension !
— … ?
— Si j'te le dis !

Après Hirohito, le nouvel empereur c'est Akihito !
— À tes souhaits !

Tu bois un guignolet-kirsch ? Moi j'en bois jamais, comment tu veux te rappeler d'un nom pareil ?…

Tout l'art du puzzle, c'est de bien emboîter les pièces les unes dans les autres, comme un plat de lentilles carrées, pourquoi pas…

Tahiti c'est joli mais je connais personne.

Plus vite que ça !
— A B C D E F G H I J K L M N O P Q R S T U V W X Y Z ! OUF ! Combien ?
— Sept secondes, c'est mieux !

Je leur ai dit ça à ceux de la tente d'à côté « si vous n'aimez pas camper, n'en dégoûtez pas les autres ! »… je leur ai dit ça… moi…

Il a eu raison de ne pas en faire une sculpture de sa Joconde, vu que la peinture a bien suffi !

C'est aussi difficile de devenir un grand foot-balleur qu'un grand pianiste, même plus, t'es pas assis.

Ça doit être chouette de savoir dessiner, tu peux faire des Pompidous sur les ronds de bière, en attendant midi…

Jean-Paul Sartre, je connais un peu... enfin disons que ma femme elle connaît un peu, un jour elle en parlait avec le cousin qui vend des journaux. On mangeait chez lui... c'était froid, d'ailleurs...

Dans les bistrots déserts, l'été, on peut voir des mirages...

Y goutte ton robinet... Y goutte ton robinet... Y goutte ton robinet...
— Toi aussi !

Au prix où est le mètre carré, je ne peux même pas acheter là où je jette mon mégot !

La lune serait habitée, on n'oserait plus bronzer à poil sur les balcons.

Une belle étoile de mer, bien séchée, tu la mets avec les livres ça fait super beau...

Tu la sors quand ta terrasse ?
— Bientôt.
— Ahhhhhhhhhhhhhhhhh...

Je serais tueur dans un abattoir je mettrais un masque, des fois que le bifteck après dans ton assiette, y te reconnaît.

C'est quoi comme poisson ça, c'est un peu bizarre…
— Mais non c'est pas des filets de poisson, c'est des légumes, faut sortir un peu !

Tu vas où cet été ?
— À la mer. Oh, tu sais, c'est pas du hasard vu que nous, dans la famille, on aime bien l'eau !

Le monde appartient aux jeunes !
— Tant mieux, parce que moi j'en voudrais pas.

Les gamins oursins peuvent pas s'amuser ensemble, tu vois les genoux en rentrant le soir !

Avec la baleine tu fais une pelure de deux kilomètres pour le concours des plus longues pelures !

Une voiture sans alcool…
— Sans permis !
— C'est ça.
— Dis donc, faut te comprendre toi.

La dernière feuille en haut de l'arbre elle croit que les feuilles en dessous c'est tous des cons, et souvent c'est vrai.

De toutes petites moules, petites, petites comme… mon petit doigt mais dures… dures… comme mon gros doigt… voilà comment on a trouvé les moules là-bas.

Alors ces vacances ?
— À CHIER !

Le tiercé à six francs d'accord, mais ils mettent six pattes au cheval !

Une jolie raie des fesses c'est du sourire qui sert pas beaucoup.
— Et une merde d'un kilo, c'est quoi ?!

On voulait louer des vélos mais elle sait pas en faire.
— C'est dommage.
— Oui, du coup on a passé les vacances en face des locations de vélos, mais sans louer de vélos…

— Ça devait faire envie…
— Oui, comme vous dites, envie.

On avait la plage juste de l'autre côté de la route, pour dire comme on n'était pas loin de la plage et de la route !

Y a pas beaucoup d'insectes cette année à cause de la sécheresse, ce qui fait qu'à la place des moustiques, on a des paysans en colère !

Les œillets dans une maison ça porte malheur.
— Alors là ! Moins qu'un bouquet de gaz ouvert !

Des crottes de chameaux partout dans le désert près de notre village. Personne ramassait !

Dans le cœur t'as le ventricule et les oreillettes.
— On dirait que ça fait charcuterie…

Des plateaux de fruits de mer énormes comme ça, qu'on les verrait vivants dans la mer qu'on partirait en courant !

J'ai lu un livre… le début… après on a connu les gens d'à côté et le soir on jouait aux cartes… j'ai pas fini…

— Un livre de jardinage ?
— Non, pourquoi ?
— Ah, je sais pas… j'avais compris ça…

Que des mousmés, que des mousmés, que des mousmés !

Une bagarre comme j'en ai jamais vue ! Personne se battait.

L'eau c'est précieux, mais pas assez pour faire une bague, alors c'est pas si précieux que ça !
— On se laverait pas le cul avec si c'étaient des bagues, en plus…

Des couchers de soleil, beaux, beaux, beaux ! J'en ai fait plein en photos mais le flash est pas parti.
— … ?

Quoi de neuf ?

♧

Par « antenne de télé » vous entendez quoi ?
— L'antenne pour la télé.
— Ah d'accord, bien sûr.

… et le soir on est allés voir un groupe de rock sur la place, les Champignons.

C'est comme une barque qui flotte, une terrasse de café la nuit.

Micheline Presle, ça c'est une belle femme !

Comment ça, t'as pas reçu ma carte postale ?!

Pas UN nuage en un mois !
— Si, un après-midi un peu couvert mais…
— Alors vas-y, raconte, toi ! Elle voit des nuages partout celle-là !

Ils mangent des asticots comme nous des chips !
— Où ?
— Oh, pas loin ! Dans le sud de l'Espagne.

On a visité plein de trucs !
— C'est joli là-bas ?
— Pas mal…
— Et y a pas mal de châteaux.
— Ah bon ?
— T'as pas visité les châteaux ?
— On les a pas vus…
— Sur les collines !
— Moi je regarde jamais en l'air.

Ils aiment pas les Parisiens.
— C'est des ploucs.

Et qu'est-ce que tu lui as répondu ?
— Que nous en France on avait la tour Eiffel ! Qu'est-ce que tu veux répondre à un con de Boche ?!

Ils chantent que du folklore merdeux.
— Ah ouais, je connais, les Grecs !
— C'est ça !

Les baleines ont pas la marche arrière, pourtant des fois ça leur sauverait la vie !

J'arrive à tenir deux minutes sous l'eau !
— Sous l'eau ou dans l'eau ?
— … ? … sous l'eau… ?… tu te fous de ma gueule ou quoi ?

J'aimais pas tellement ça, les géraniums, et finalement j'en ai mis sur mes fenêtres, c'est très joli, et en plus j'ai l'impression que ça va devenir à la mode… on en reparlera dans un an vous verrez !

Ça chasse les saloperies volantes.

Globo.
— Qui ?

— Globo.
— Pas vu.

C'est pas possible ça tout de même ! Une carte postale avec le pont du Gard !
— Pas reçue…

Jusqu'à soixante ans on continue de grandir, mais comme à partir de vingt on se mesure plus, on le sait pas.

Tout le poisson qui était mort dans la Seine, et qui flottait, quelle soupe, et les pompiers là-dessus on aurait dit les croûtons avec la rouille !

Il est bien filmé le château de Versailles dans ce film, ça fait bien comme à l'époque, on voit pas les antennes…

*Jacquou le Croquant* c'est bien aussi, on voit pas les voitures.
— Qui ?

Tu t'es lavé les cheveux ?! Mais avec quoi ?! Du shampooing aux remords ? Ils sont tout plats !

Le pont du Gard avec des couleurs repassées à la main.
— Pas reçue je te dis !
— Je l'ai envoyée tout de suite en arrivant !

71

Moi je l'ai fait le triathlon de Bourgogne, moi ! Concours de pêche, concours de pétanque, concours de belote ! J'ai pas gagné mais l'important c'est le triathlon.

Toutes ces vieilles histoires de trafic d'armes, plus personne en parle… que nous…
— Hein ?

Et les grèves des avions, c'est fini ou ça vole comme normalement ?
— … chais pas…

Dans le Var y a une clinique pour tortues, ils réparent les carapaces…
— Ah ouais, j'ai vu la télé là-dessus ! Ben putain on aura tout vu, et que le dimanche ici t'as pas un garage !

Il commence à me faire chier avec son pont du Gard celui-là…

La Cicciolina, c'est une sacrée salope celle-là !
— Tu parles, elle fait du porno !
— En plus ?!
— En plus de quoi ?
— Ben, en plus du porno !

Ça va mieux, les vaches folles ?

— Folles, folles, c'est un bien grand mot ! C'est quand même pas des vaches qui font du chèvre !

Quand on voit toutes les forêts qui brûlent, on se demande si y a un bon Dieu dans les robinets...

Ça donne pas envie d'être un végétal, en tout cas... pas envie...

Les poireaux dans la soupe trop chaude, y sont pas mieux logés !

Sur la Lune, avant, c'était que des campings, et puis ça a brûlé... en tout cas on dirait...

Ça finira en désert, comme l'Himalaya !

Van Gogh il aimait pas qu'on l'appelle Van Gogh, il préférait qu'on l'appelle Vincent. D'ailleurs ses tableaux sont signés Vincent...

— Vincent qui ?

Une femme ça se prête pas, alors QUE les fesses encore moins !

Y en a qui ont jamais vu la mer, lui a jamais vu la rivière...
— C'est pas possible ça !
— Tout est possible...

Tous les soirs le coucher de soleil dans l'eau, et on entend jamais PSHIIIIIIIIIIIIII...

Les nudistes ont forcément des coups de soleil sur la bite... ou alors c'est qu'il a plu.

Il faisait chaud, mais chaud, sa glace elle fondait à la vitesse d'un cheval au galop !

Les pyromanes faut leur couper les jambes, à la place t'en mets des en bois et tu les envoies dans la forêt !
— Ouais, mais c'est compliqué.

Le temps ? Oh ! Un soleil superbe et dans le ciel !

À voir tous ces incendies dans la télé, on aurait presque peur que ça fasse chauffer le poste ! Ça vous fait pas ça, chez vous ?

Au fait, il s'est bien passé l'accouchage ?

Lui on l'appelle Alexandre le Grand parce qu'il est plus grand que moi, et moi on m'appelle Alexandre le Bienheureux parce que j'aime le saucisson.

Ils mangent de la marmelade, qui est une sorte de confiture plus géométrique...

Il mettait ses lunettes de soleil pour faire américain mais ça faisait pas tellement américain.

Et pourquoi dans les nichons y a pas de casserole pour faire chauffer le lait ?!

Qui ?
— Quette !
— Ça fait longtemps que je l'avais pas entendue celle-là ! Des vrais mômes...

Un petit café et un grand calva pour moi tout seul !

En Afrique ils ont des bulldozers-crottes pour enlever les merdes d'éléphants !

Quand un requin attaque un homme, les autres cons sur le bateau ils font pas OLÉ ! Après tout c'est de la corrida sous l'eau, après tout !

Je sais plus écrire « parce que ».

Moi, ce que je trouve bien avec les conneries, c'est que tout le monde en connaît !

T'as visité des monuments, en Corse ?
— Non, y en a pas là-bas.

T'as pas de châteaux de la Loire dans les Pyrénées.
— Je te dis que j'en ai vu !

Pourquoi on n'en veut plus des vieux et qu'on les met dans un hospice ?!
— Parce que les bouteilles vides, on les met pas sur les étagères !

C'est des sans-gêne, les sans-abri.

Taisez-vous, je téléphone au boulot !
— C H U U U U U U T...

Il téléphone au boulot.

C H U U U U U U U U T !!!...

Boire ou conduire, sauf si tu prends les petites routes.

Quand tu regardes le tracé du Tour de France, tu constates que les coureurs ne font pas vraiment le tour…
— Y voit tout, lui…

Y en a qui ont du pot que les montagnes elles aient poussé, c'est les guides.

Soi-disant qu'ils auraient trouvé des vestiges gallo-romains dans le pré derrière ! Pff ! Comme si y avait eu du gallo-romain à la Bellechaume… En tout cas c'est pas moi qui l'a z'a mis !

Tu prends que des nains, et le Tour de France tu le fais dans ton jardin !

T'en as vu des étoiles filantes, toi, cette nuit ?
— Mais non ! Y en avait pas plus cette nuit que toutes les autres nuits !
— C'était la nuit des étoiles filantes à la télé.
— Ah ! À la télé ? Je croyais dans le ciel.

Une cuillère de miel tous les matins, ça fait descendre le pot.

Il a vu la reine d'Angleterre, lui ?!

— Oui, à Carrefour ! Enfin quelqu'un qui ressemblait.

— C'est pas pareil !

— Et si ça avait été elle, hein ?! Si ça avait été elle ?!

Les rois servent plus à rien aujourd'hui, même à la télé on les regarde plus.

En espagnol le coq fait pas COCORICO mais CICIRICI !

— Et quand tu pètes ça fait PROUTIPROUTI ?

— Pff, la discussion et toi ça fait deux !

Dans les rations de guerre t'as jamais de confiture, si tu crois que pendant la guerre t'as le temps de faire des tartines, et surtout les commandos en plus !

Vous avez déjà vu un ch'timi manger une pizza ? Jamais monsieur, jamais !

Aujourd'hui on meurt du cancer, mais dans cent ans, on se fera même plus la vaccination !

J'ai la tête comme ça avec ta sangria…

— Si tu sais pourquoi, c'est rien.

Mal de dent, mal d'amour.

— Avec mes chicots pourris, ça m'étonnerait…

On a ramené du miel, et on s'est rendu compte qu'en bas ils vendaient le même.

Dans une pastille de menthe t'as presque pas de menthe, sinon ça serait une camionnette de menthe.

Ils ont augmenté le prix du timbre JUSTE avant que j'écrive la carte postale ! Y avait un mec dans l'immeuble en face avec des jumelles, c'est pas possible autrement…

J'ai dit pas de sucre au chien !

— C'est pas un sucre ! C'est… un demi-sucre…

— Alors je précise, pas de demi-sucre non plus !… putain… y a pas beaucoup de demi-casse-couilles ici, ils sont tous entiers.

Magouille et compagnie, ça.

— Mais oui.

Leur coup d'État à la con, si ça se trouve c'est de l'attrape-gogo, Gorbatchev il est tranquille chez Bush en train de bronzer, tout ça c'est des histoires à eux !

Ils ont viré Gorbatchev en plein été ! C'est comme l'augmentation des timbres, ils font leurs salades quand on s'en fiche.

Du jour au lendemain, viré ? Alors que nous on peut même pas virer un mec qui bosse à la Poste !
— Magouille je disais tout à l'heure, et je redis.
— Quoi ?
— Magouille.

C'est l'HISTOIRE qu'on a vue en direct !
— Pour moi la Russie, c'est que de la géographie, alors…

Ça aura pas duré longtemps leur puchte !

Moi je dis, c'est Gorbatchev qui a tout organisé.

Putsch.
— Qu'est-ce que j'ai dit ?
— Puchte.
— Oh c'est pareil ! De toute façon, il est fini leur puchte.

Ils ont même plus la liberté de la presse !
— Ils ont qu'à refaire les vieux mots croisés.

C'est des mauvais, les militaires là-haut…
— T'as vu les casquettes qu'y z'ont ?! Des charlots oui c'est ces mecs, des charlots !

C'était pas bien la peine d'user de la bobine pour les infos, cette histoire-là…

Ils ont changé AUCUN programme de télé pour faire des émissions spéciales, et finalement ils ont eu raison.

Ils viennent en vacances à Paris alors qu'ils ont pas de sous, et pendant ce temps chez eux c'est le coup d'État ! Moi c'est simple, les Russes, JE-LES-SERS-PLUS !

Demain, on n'en parlera même plus, alors je vois pas pourquoi aujourd'hui on en parle…

À Moscou t'as UN café, comment veux-tu que les jeunes se retrouvent entre eux ?
— Ça dépend de la taille du café.

Ça serait bien si ils remettaient un tsar, avec de la neige.

Mon beau-frère y est allé, ils ont joué à la pétanque sur la place Rouge, c'est tout ce qu'ils ont fait !

La Russie qui est plus communiste, on aura tout vu !
— Moi mon beau-frère y est allé, ils ont joué à la pétanque sur la place Rou…
— Tu viens de le dire !

Les communistes, y suffit d'un pour que ça reprenne…

Ils enlèvent toutes les statues des anciens dirigeants, et à la place ils mettent des ronds-points. Pour la circulation c'est bien, la fin des communistes.

Ils veulent enlever le nom de la place Maurice-Thorez.
— Où ça ?
— Dans un bled.
— Et alors ? Tu y habites toi, sur la place qui change ?!
— Non.
— Alors…

Marchais, même s'il la déchire pas, sa carte du parti, un jour ou l'autre y perdra son portefeuille, suffit de pas lui rendre !

Vraiment, je ne comprends pas pourquoi Marchais, qui a collaboré avec les Allemands, n'est pas fusillé ?

Mitterrand est trop vieux pour ça, trop vieux…
— On voit, il dort tout le temps.

Moi je suis communiste français, et je tiens à le rester en tant que communiste !

Chez nous, on est communiste de père en fils !
— Toi t'as une fille, alors ta gueule !

Leur putsch à la con, ça va pas faire un beau film.

Les seuls communistes sur la Terre, ils vont être en France !
— C'est les Galápagos, ici…

Moi je suis communiste, et j'ai pas honte !
— Oui ben toi, quand t'as chié dans ton benne tu le racontes à tout le monde, alors…

Moi je suis fidèle à rien, même l'été, je me fous plus au soleil.
— T'es tout blanc.
— C'est ce que j'explique.

Si y a plus de communistes, au moins ça fera plus à bouffer pour les autres !

Supprimer le communisme… pff… tout ça c'est encore de la politique, tout ça !

Si ça devient capitaliste, la Russie, ça sera les capitalistes les PLUS PAUVRES DU MONDE !

🍸

Elle nettoyait les vitres toute nue !
— Qu'est-ce que tu faisais sur ton balcon, toi ?!
— En ce moment, j'ai pas de boulot…

On s'est promenés dans les vignes, on était contents comme des puces sur un chien !

Les mendiants, on les voit plus dans les pays chauds parce qu'ils mendient dehors, t'en as autant dans les pays froids mais y mendient chez eux par téléphone !

Des couchers de soleil, des couchers de soleil, tous les jours !

Avec une tente on est libre, on peut la plier et la remonter.

T'as pas maigri ?

— Non.

— Ah… c'est les rayures qui font ça.

— Les rayures ? J'ai pas de rayures !

On a fait des longues balades en montagne.

— C'est mieux qu'en mer, on s'enfonce pas dans l'eau.

La mer ça baisse jamais, à mon avis quelqu'un rajoute de l'eau.

Tu permets ?! Non mais tu permets ?!

— Vas-y… mais le sandre en cette saison.

— Tu permets ?! Non mais tu permets ?!

— Vas-y…

— Ça dépend des coins.

C'est une canne de six mètres, des fois même elle arrive sur la route de l'autre côté de l'eau… c'est trop.

… et le soir on buvait l'apéritif…

— Ah dites donc, c'est des belles vacances !

Y a pas de vent, là-bas, jamais, ni le mardi ni le mercredi, non non jamais, c'est un pays SANS vent comme on appelle…

Il a les oreilles qui se décollent à la chaleur.

Tu chies sur un glacier, dans un million d'années on dira que c'est une merde de Gastonzore.

Caaaaasser laaaa voix !

Tous les matins j'écoute la revue de presse à la radio, eh ben… qu'est-ce qu'y z'en achètent, comme journaux !

Mitterrand se fait injecter du sang de vierge dans un laboratoire secret pour pouvoir tenir le coup… c'est scandaleux quand on y pense…

Mitterrand est trop vieux, d'abord tout le monde le dit !
— Moi je le dis depuis vingt ans.

Pas plus haut que le bord…

On se demande pourquoi il y a plusieurs pays africains, un seul suffirait largement, pour ce qu'on en fait !

L'écrase pas ! C'est pas une guêpe, c'est une abeille !
— Et alors ?! Qu'est-ce qu'elle vient faire du miel dans notre bistrot ?

Zola, c'est le seul écrivain qui s'écrit presque comme Zébu.

Fermaaaaaa taaaa gueule !

Un porte-monnaie en lion, ça coûte du pognon, ça.

Marée haute, marée basse, marée haute, marée basse, comme ça tout l'été…

À force de détruire les forêts, eh ben on mangera plus de champignons, voilà ce qu'on va gagner !

Le mur de Berlin, admettons, c'était beaucoup, mais faudra au moins remettre un rideau…

L'immortalité, ça fait combien de dimanches ?

Tu peux faire disparaître une espèce en faisant du pâté avec, bien sûr que si !

Les paysans russes ils ont UNE puce par personne, pas plus…

Si tu touches des fils haute tension, un t'es carbonisé, deux ta famille touche une amende.

Quand tu lis la vie des grands écrivains, une page sur deux y sont au restaurant, les mecs, et y z'écrivent quand ?!

T'as vu ce temps ?! Ils ont passé le Soleil au Miror, ou quoi ?!

C'est rare qu'un bébé vive plus de cent ans.

La carotte est née au Moyen Âge, mais à l'époque ils en mangeaient pas, ils s'en servaient pour teinter les drapeaux.

Jeanne d'Arc a pissé sur le feu, mais ça n'a pas suffi…

Si ça se trouve, les Chinetoques font semblant de parler, qu'est-ce qui prouve que ça veut dire quelque chose, hein, qu'est-ce qui prouve ?

Avant on regardait les grosses motos et les pédés, mais maintenant y en a tellement qui passent, on se retourne plus…

Si je t'encule, tu dis quoi ?
— Je dis… je dis… je dis arrête de m'enculer, je sais pas moi, tu me prends au dépourvu.

Elle mettait du fromage dans sa bouche.

— Elle mangeait ?

— Oui, mais une belle femme comme ça, du fromage dans la bouche !

Je paie la Sécu alors que j'ai jamais été malade ! Tu trouves ça normal, dis ?! Non mais tu trouves ça normal ?!

— Et la retraite on n'a pas le temps de profiter, on cotise, et à soixante-cinq balais on passe l'arme à gauche...

— Écoute, j'allais le dire ! Ah je te jure, j'allais le dire ! C'est bien la preuve que je suis pas tout seul à penser ça !

Ça fait du bien de parler.

J'aime bien discuter avec quelqu'un qui est d'accord, ça fait avancer la discussion.

Les mouches aiment pas leurs parents... les grenouilles non plus, remarque...

La montagne, c'est de la campagne qui monte ! Mais pas plus...

Il est taillé comme un violoniste, avec les bras qui partent des oreilles.

La faute d'orthographe sur un mot, c'est comme quand nous on a un bras plus long que l'autre, ou un bouton sur le nez, on vit comme ça, faut pas jeter le mot pour autant, il a le droit de vivre même mal formé, le mot…

Moi des capotes je veux bien en mettre, mais encore faut-y que je me tape des gonzesses !

♨

Tu soulèves l'Afrique, en dessous t'as plein de bestioles comme sous un caillou…

Le Soleil ! le Soleil ! Y sont marrants avec leur Soleil ! Y a pas que le soleil dans la vie ! La nuit, tenez, rien que la nuit, y a pas de soleil, eh ben y a moins de gens tristes la nuit que le jour, si monsieur, comptez vous-même, si vous enlevez les gens qui rigolent dans les débits comme vous et moi, et ceux qui sont au bal par exemple et qui dansent, ou ceux qui dorment, tenez, ceux qui dorment sont pas malheureux ou alors on le sait pas, le sommeil ça nous regarde pas, eh ben qui c'est qui reste dans la nuit, deux trois malheureux qui savent pas où aller, mais le jour, alors là le jour faut les voir, tous ces malheureux qui sont sous le soleil qui brille, ah la la la la, tous ces milliards de malheureux trop éclairés, d'ailleurs c'est bien simple, on n'a jamais vu des petits enfants mourir de faim pendant la nuit, à la télé c'est toujours le jour, ah, ah, alors moi je vous le dis, monsieur, merde au Soleil et passez-moi l'expression !

— Va falloir vous calmer, vous…


Les chats voient dans le noir.

— Nous on allume, c'est encore mieux.


Si tu veux du boulot, pourquoi tu vas pas à Disneyland ?

— Faire quoi ?

— Je sais pas… y cherchent des gens pour mettre dans des costumes…

— C'est pas un métier, ça.

— Chômeur non plus, c'est pas un métier.

— Je suis peut-être chômeur, mais dans MES habits.


L'important c'est les habits…


Je suis mieux dans ma peau de chômeur que dans une peau de pingouin ! Et je vous emmerde tous !


Ho ! Du calme, là ! Si c'est pour crier, dehors !

— Je crie pas !

— Et tu fais quoi ?

— Je me déplie la langue.

Leur Disneyland, tu te balades au milieu des animaux géants, des rats, des caïmans, c'est une sorte de delirium sur vingt hectares.

Maintenant, pour s'amuser, il faut des palais en carton et des manèges géants, y faut des chômeurs dans des costumes de souris, y faut des hôtesses et du beau temps... c'est beaucoup...

Disneyland, tu fous du barbelé autour et tu enfermes les gens dedans, ça fait une prison où tout le monde est fou.

— Malin, ça...

Ce que j'aime sur les ports, moi, c'est les sirènes des bateaux... tant qu'y aura des sirènes de bateaux... après, la vie... ça va... mais ces sirènes... nom de Dieu... c'est la Terre qui dit qu'elle est grande.

— Ça y est il est encore parti, le capitaine.

— Fous-lui la paix...

La mésange bleue fait son nid dans les haies.

— Dans les haies ? Dans les haies de quoi ?

— Dans les haies de n'importe quoi.

— Putain, j'irais pas habiter chez les mésanges bleues moi.

Tout se barre en couille de toute façon et c'est pas les conservateurs qui vont arranger la politique, y a plus rien à conserver. Même les colorants, tu les as plus…

— Les rouges ?

— Et les roses…

Il veut tout le temps aller se mettre au soleil.

— C'est un signe de tuberculose, ça…

— Les piafs, ça attrape pas la tuberculose !

— Tout ce qui a des poumons peut trinquer, fous-le à l'ombre…

— Ah bon… allez… viens Kiki…

Cuicui !

Tu vois, il est content.

— S'il est content c'est qu'il a pas la tuberculose !

— Tu le refous au soleil ?

— Je vais me gêner !

Je mets tout mon linge à sécher dans le jardin, ça éloigne les oiseaux des tomates et dès que les oiseaux reviennent ça m'avertit que le linge est sec. Ils ont un sens pour ça, les oiseaux, surtout les mésanges, quand c'est sec, ça arrive, ça doit venir d'une peur de la sécheresse, quand c'est mouillé les oiseaux s'en vont se promener tout contents, et quand c'est sec y reviennent voir et ça les inquiète...

— Qu'est-ce qu'elle est bavarde ce matin, celle-là...

Moi j'ai un sèche-linge, et dedans j'ai pas d'ennuis avec les oiseaux !

— La modernité c'est ça, quand la machine remplace l'oiseau.

Un nuage en forme de bite, juste au-dessus du pré qu'on était avec les enfants...

— La campagne c'est pire que la ville, des fois...

Rien qu'avec l'argent du football, tu peux construire des milliers de terrains pour le basket !

Quand tu rentres en prison, ils te fouillent dans le cul pour voir si t'as rien caché... tu parles d'une cachette...

— J'y mettrais pas mon pognon.

Il a peint ses volets mais faut voir comme c'est bien peint, on dirait des volets en photo !

Quelqu'un qui joue de la flûte traversière sur une petite route, tu peux pas doubler.

C'est un livre que je te prêterai, c'est l'histoire de l'art du début jusqu'à la fin.

Plus on va vite et plus on arrive tôt pour l'apéro, du coup on boit vingt fois plus d'apéros qu'au Moyen Âge.

Interdiction de marcher sur les pelouses ! Tu sais ce que je lui ai dit, au gus ?
— …
— Les pelouses sont à tout le monde !
— Moi je réponds ça aussi.
— C'est le mieux à répondre.

Les infos, c'est sacré !

Dans deux ans c'est plein de dealers, là-dedans !
— C'est trop surveillé.
— Je te dis que dans deux ans leur Eurodisney il est plein de dealers ! Non mais sans blaguer, le meilleur endroit pour dealer, c'est dans un Mickey !

Encore ?!!!
— J'en profite que j'ai pas la bagnole.

Quelle chaleur !

— Oui, quelle chaleur !

— Pff !

— Pff !

— On étouffe !

— On étouffe ! Excusez, je n'ai même pas le courage de trouver mes mots, je prends les vôtres !

Tous ces morts ! Mais tous ces morts !

— Noiret.

— Maillan ! Je n'en ai jamais vu autant !

— Dietrich.

— Elle, encore, je l'aimais pas beaucoup avec ses bas.

On nous dit que la rate ne sert plus à rien, mais de quoi je me mêle !

C'est un sacré bricoleur, tu lui donnes le Soleil y te fait une lampe…

La terre est trop dure pour avaler l'eau, alors ça glisse et ça fait des torrents de boue qui emportent tout sur leur passage, comme en Afrique !

Un jour c'est la sécheresse, le lendemain c'est l'inondation.

— Ils disent que les climats sont déréglés.

— Ils ont bon dos, les climats, tiens !

Si les ploucs labouraient un peu plus, ça arrive-
rait pas…

En Afrique, ça emporte plein de Noirs, pas
ici…

Quand je choisis un apéro tout le monde prend
comme moi, je fais pas exprès mais y paraît que je
suis un leader…

À cause de la sécheresse, interdiction de laver
les voitures !
— C'est complètement con, vu que l'eau qui
sert à laver les voitures, de toute façon on la boit
pas… tu te vois arriver dans une station de lavage
et boire l'eau qui sort de la machine ? Tu te vois ?
Tu te vois faire ça ?
— Non.
— Je te le fais pas dire.

Tout ça c'est de l'amuse-con pour nous amuser…
Voilà ce que c'est.

La même chose que lui.
— Un kir ?
— Non non, pas un kir !
— Alors c'est pas la même chose que lui.

— Qu'est-ce qu'il a, lui ?

— Un rosé.

— Non non, pas un rosé !

— Bon, je reviendrai quand tu auras ton avis PERSONNEL.


Garros Roland.

— Qui ?

— Tu vois, dit à l'envers on sait plus qui c'est.


Tu peux être très con et très intelligent en même temps, si t'es malin…

Le pont suspendu, il est pas suspendu partout évidemment, sur les bouts il est sur la terre, sur une rive et sur l'autre rive, avec des grosses piles pleines de clochards qui se font chauffer des gamelles, on te présente le pont comme un oiseau, menteur, il est suspendu au milieu, comme les autres ponts qui sont pas appelés des ponts suspendus, suspendu c'est un mot pour faire croire que l'architecte il est plus fort que tout le monde, le pont suspendu d'Alfortville, moi je l'appelle le pont d'Alfortville, et même si l'architecte est devant moi, je dis le pont d'Alfortville, et pas le pont suspendu d'Alfortville, sinon, à ce compte-là, la tour Montparnasse elle aussi c'est la tour suspendue, elle a un côté qui touche par terre, et encore, à la limite, elle est plus suspendue que le pont puisqu'elle a un côté dans le ciel, c'est carrément plus suspendu que le pont, t'imagines le pont d'Alfortville avec un bout sur la berge et l'autre bout dans le ciel, c'est même plus le pont suspendu, c'est le pont qui vole, le pont qui vole, alors qu'ils le refassent avec un bout dans le ciel, et là on l'appellera suspendu volant, mais jusquelà, moi je dis c'est un pont de merde, il est suspendu comme moi je suis... euh... grec.

Il est grec, lui ?
— Non. Il a pas une tronche de Grec en tout cas.
— C'est ce qu'il a dit.
— Ah...

T'es en short ?!
— Ben oui je suis en short... t'as vu le temps ?

J'ai pas mes papiers dans mon short mais j'habite à côté.

Les animaux sont toujours contents d'avoir des petits, il n'y a que l'homme que ça fait chier d'avoir des gosses...

Ils nous foutent le permis à points juste avant les vacances, ces fumiers, on va conduire tout crispés, ça sera pas du repos !

Tu t'es fait engueuler par ta femme ?
— Messieurs, je ne ferai aucun commentaire !

Les cons je les sens, moi !
— …

2 et 2 ?
— 4 !
— 4 et 4 ?
— 8 !
— 8 et 8 ?
— 16 !
— 16 et 16 ?
— 32 !
— 32 et 32 ?
— 64 !
— 64 et 64 ?
— 128 !
— 128 et 128 ?
— 256 ! Alors ? tu vois que je peux conduire.

Si on le fait pour nous, pourquoi on le fait pas pour les pilotes d'avion, le permis à points ? Nous on grille un stop, eux ils écrasent des avions !

Le fils de Mitterrand tient une auto-école, il paraît que c'est pour ça.

Le bleu parfait n'existe pas dans la nature, c'est toujours du bleu avec des nuages ou du bleu avec un bateau dessus...

Plus ça va, moins y a de Français dans le Tour de France !

Magouille...

C'est arrangé à l'avance, le gars pédale pour quelque chose, si tu crois qu'il pédalait pour arriver dernier ! C'est pour le maillot jaune !
— C'est normal.
— C'est arrangé à l'avance, c'est ça que j'explique, le mec arrive premier, on lui donne le maillot jaune.
— Et alors ? C'est normal !
— Tu me comprends pas...

Ils les font à Barcelone, les JO, pour une seule raison, tu veux savoir laquelle ? Y a plus d'oxygène et du coup les gars courent plus vite... si monsieur !

À l'heure de la sieste tout s'arrête, JO ou pas JO !

Pédaler comme ça des heures, des heures, sans rien faire d'autre, moi je m'endormirais, ah moi faut que je m'occupe les mains, sinon…

Le maillot jaune, tu payes, tu l'as…

Pourquoi il n'y a pas de Tour de France en Martinique, c'est la France aussi !

Les vélos sont allégés au maximum, bientôt on mettra même plus les mecs dessus…

Y a que du sport à la télé ! Et si on n'aime pas ça, comment on fait ?

C'est plus des vélos qu'ils ont, les gars, c'est des bombes !

🍷

C'est ses cornes à la vache qui lui attirent la foudre !

Je le sais, j'ai lu un dépliant là-dessus…

Tu peux me rapprocher les verres ?

Il habite au-dessus du magasin de farces et attrapes, comme l'immeuble est vétuste ils vont le

102

reloger, il veut bien mais à condition que ça soit au-dessus d'un autre magasin de farces et attrapes.

— Ça va pas être facile.

— C'est ce que je lui dis !

Qui c'est qui vient à la braderie ?

Avec toutes nos conneries on va bien finir par faire disparaître l'homme de la planète, et quand l'homme aura disparu y restera rien, ça sera le désert, plus de chiens, plus de lapins, plus d'éléphants, plus de mouettes, y restera peut-être que des insectes, si, même c'est sûr, des insectes il en restera plein, des moustiques et des mouches, plein de mouches, des mouches à merde qui resteront comme ça, à voler partout, à chercher, chercher, chercher, et peut-être qu'un jour, après des milliards d'années à chercher, au détour d'un chemin, elles tomberont sur une merde d'homme et elles en croiront pas leurs yeux de mouches à merde, le bonheur sera revenu sur la Terre...

Deux ans d'âge mental...

Va savoir...

Non merci, je ne fume plus, j'ai trop peur du cancer.

— Vous avez tort, le cancer c'est comme les abeilles, faut l'enfumer !

Kouchner, il était garagiste avant d'être docteur.

C'est quand même plus tranquille d'être gardien de musée, la Joconde risque pas de monter sur le toit !
— ... ou de mettre le feu dans sa cellule...

Gardien de prison pendant trente ans, ça fait trente ans de prison...

L'avenir c'est la voiture électrique, c'est vrai, mais le problème c'est les accidents, avec ces voitures-là, un carambolage sous la pluie et tout le monde s'électrocute...

Tu t'endors ?

Kouchner, je suis sûr qu'il ne sait même pas mettre un suppositoire.

À midi je suis parti, moi...

À la montagne l'air est plus propre, on n'a pas de crottes dans le nez.

... on a loué en Vendée...

C'est pas trop plat, la Vendée ?

— Non non, là où on loue, devant la maison ça monte, et derrière la maison ça descend…

— Aaaaaaaaah…


… bien…


À midi je suis parti, moi…


Moi je change pas, je fais comme tous les ans, j'attends que les cons soient partis, je pars après…


Des embouteillages jusqu'à Auxerre !

Les dominos font moins de bruit dans les cafés en province qu'à Paris.


En Bretagne, tu bronzes pas bien parce que le vent refroidit les rayons, et même des fois ça souffle, les rayons s'écartent et t'en as pas sur toi…


Je lui ai fait tomber sa collection de cailloux, il s'est mis à pleurer ! Mais qu'est-ce qu'il croit ? Que les cailloux ça vit dans les arbres ?

C'est des algues qui font du bien à la peau, les crabes c'est pas la peine de te laver avec…

C'est des pays de vent, et ça souffle, et ça souffle, vous sortez vous êtes pris dans des bourrasques glacées, vous partez plié en deux pour ne pas vous envoler, y a pas d'arbres, y a rien que du petit maquis tout ras, c'est plat jusqu'à l'horizon, c'est d'une monotonie, vous verriez quand il pleut sur la lande, et que le brouillard cache un peu les maisons, vous verriez ça, mais il faut y aller pour le voir, il n'existe pas de photos de l'endroit, les appareils ne sont pas assez sophistiqués pour prendre des images, sur les appareils vous avez un petit bouton soleil ou nuage, vous le mettez sur soleil l'été et sur nuage l'hiver, mais faudrait un bouton avec un arbre mort et une corde de pendu ! Eh bien dans ce coin-là, figurez-vous, le café ne désemplit pas ! Y a des affaires à faire, là-bas quand on est jeune…

— Au Canada ?
— En Corrèze.

🍺

Si le cuir est vraiment de très bonne qualité, on met le canapé dans un pré et les vaches le prennent pour une autre vache.

Camper, ça nous rapproche de la nature.
— Est-ce qu'il y a des douches ?

Le mec qui raye ma bagnole, je le tue…
… alors imagine le mec qui me la cabosse !

Elle est enceinte à soixante-deux ans, le gosse va naître, il aura déjà quinze ans…

Quand t'es vieux, le ventre est vieux, le gosse va prendre des briques sur la gueule !

Si t'as un gosse à soixante-deux ans, quand il a vingt ans toi t'en as quatre-vingt-deux ! Quand il en a cent t'en as cent soixante-deux !
— C'est trop.

Si l'hélice est tordue, personne rachètera l'hélicoptère, personne, ça coûte trop cher à détordre.

Je sais pas si ton Amazonie c'est le poumon de la Terre, mais moi je préfère mon Luxembourg, c'est le cœur de Paris !

Quand on voit tout le pognon qui se dépense pour leur défilé du 14 juillet…
— Eh ben ?
— Eh ben on est cons de pas défiler, *nous*…

Tu fermes pour les vacances ?

— Non.

— Aaaaaaaaah... parce que moi je pars pas.

Marche à pied, Ricard, marche à pied, Ricard...

Le pastis c'est les vacances, le Ricard c'est le boulot...

Les voiliers, les scooters des mers, les planches, les petits bateaux à moteur, les hors-bord, les pédalos, les matelas pneumatiques, quand t'as tout ça qui flotte tu vois plus l'eau, on dirait un magasin d'exposition.

Moi je me baigne pas... je marche au bord... et même des fois, je marche loin du bord, alors...

Si j'étais pas né, je serais pas là.

— C'est quelqu'un d'autre qui serait là.

— Quelqu'un qui est pas né ?!

— T'as pris la place d'un mec qui est pas né, dis donc !

Y a tellement de planches à voile que tu peux organiser un bal sur l'eau.

Aucun animal prend de vacances, sauf des fois on part à la mer avec du pâté.

Au prix où est l'essence, je vais plus la mettre dans la voiture, je vais la boire.

Avant on partait en Espagne, maintenant on reste en Europe, pour partir faudra sortir de l'Europe maintenant !
— C'est pas gratuit.
— Eh oui, ça va être plus cher de partir…
— Ceux qui n'ont pas de sous partiront pas.
— Ils resteront en Europe comme des cons !

À chaque fois, on est baisés…

Où tu veux aller ?! C'est partout pareil ! Pour voir du nouveau, va falloir passer des vacances dans le feu !

À la mer, tout le monde pisse dans l'eau ! Tout le monde le fait ! À la montagne, chie une fois dans la neige, tu vas voir ce qui va t'arriver…

En Auvergne t'as pas la mer, mais faut voir la charcuterie !

Vous avez vu que Michel Berger est mort ?

— Nooooooon… qui ?! C'est pas possible ! Celui des apéritifs ?


Même sans les roues, une caravane te fera penser aux vacances.

— C'est des formes qui sont étudiées.


J'aime pas le soleil.

— T'as qu'à te foutre à l'ombre.

— À l'ombre c'est plein de fourmis.


Demain c'est la rentrée du petit, faut pas que je fasse le con, faut que je rentre tôt…

— Y rentre en combien ?

— Sixième.

— Ah ouais, la sixième c'est important.

— Attends, non ! Cinquième ! J'ai dit quoi ?

— Sixième.

— Non, non, c'est cinquième !

— La cinquième c'est de la merde, t'as le temps d'en reprendre un, va…


Ils mettent Coca-Cola sur le cartable et le cartable ils le vendent deux fois plus cher, ça devrait être moins cher au contraire, le môme chaque fois qu'il ouvre le cartable, ça leur fait de la pub Coca.

— Même à la limite Coca devrait payer le gamin.

— C'est ça, il arrête l'école et il va bosser chez Coca !

Il a son cartable ?

— Je sais pas.

— Il a ses cahiers ?

— Je sais pas.

— Putain, je sais pas pourquoi elle te donne des sous, la mairie !

— Il les boit… remarquez, moi je lui jette pas la pierre, je fais pareil…

Leur nouvelle pédagogie, pff, c'est comme leur nouvelle cuisine, une morue qui fait la classe pour dix haricots verts !

T'as assez picolé comme ça…

— Eh… j'ai pas école, moi, patron !

— Bon, le dernier !

— Juré que je meurs là tout de suite si je mens, patron !

Ils coupent les marronniers et à la place ils mettent des poteaux de basket, comme ça les gosses montent pas dedans, par un certain côté c'est moins dangereux remarquez, mais par un autre côté on peut pas dessiner les feuilles des poteaux de basket…

J'ai vu son institutrice.

— Alors ?

— Un monstre !

J'ai jamais supporté l'école, c'est pas que j'étais bête, mais j'aimais pas...

— De toute façon, pour ce que ça sert, ici le matin j'ai un médecin qui vient boire son canon, si il le dit pas qu'il est médecin, c'est un pochetron comme vous et moi...

Il rentre à Jules-Ferry.

— Sur le plateau ?

— Oui, derrière les cités.

C'est plein de voyous, dans ce quartier.

— Oh, dès que j'arrive chez ma fille, je m'enferme !

— C'est plus prudent.

— Et en bas je coince la minuterie avec le balai... tant qu'ils auront pas démoli tous les hangars, je serai pas tranquille... c'est dans les hangars qu'on trouve les Noirs...

En classe j'étais toujours au fond.

— Ça a changé, je vois que toi ici.

Vous pouvez me faire la monnaie du billet, comme ça je lui donnerai ses sous pour la cantine...

C'est treize millions de gosses qui sont entrés à l'école aujourd'hui, je sais pas comment les escaliers résistent !

♊

Hier il faisait beau, si demain il fait beau comme aujourd'hui il fait beau, ça fera trois jours de beau temps à la suite.

— Exact.

Je remonte sur le toit, j'ouvre mon sandwich, il avait oublié les cornichons…

Ça fait dix ans que je viens ici, je vous ai jamais vu !

— Je suis égoutier.

— Moi je suis couvreur, c'est pour ça…

La mer redescend exactement la même distance que ce qu'elle venait de monter, et ça, c'est fort…

Les boulangeries face à la mer, tu peux être sûr que le pain sera mou, ça entre, ça sort, les embruns idem, et les jours de tempête, c'est même pas la peine de faire du pain, t'as des poissons dans la farine !

113

Un studio de quinze mètres carrés, deux mille balles sur Paris ! Tu fous une caisse à chat sur du papier journal, t'as déjà plus que quatorze mètres carrés pour deux mille balles !

Un mètre carré pour une caisse à chat ?
— Il a un gros cul, son chat…

Un coucher de soleil, beau, beau, comme à la Martinique.
— Pas étonnant, en Bretagne c'est plein d'Antillais.

Une montagne peut supporter des millions de personnes, mais peut-être pas des milliards non plus…
— Plus les cars.

Vu le nombre de gens qui vont dessus tous les ans, y finira par s'écrouler, le mont Blanc…

… marée basse, le bar t'arrive aux genoux, marée haute, le bar t'arrive à la poitrine, c'est comme ça dans les bars de la marine.

Toutes ces tempêtes, c'est bon pour les huîtres, ça les secoue, ça les muscle, c'est mieux qu'une mer plate qui fait des huîtres obèses…

Allô… oui, bonjour, monsieur Jacquard… oui, il était là mais il est parti faire son Loto… oui, je lui dis qu'il est renvoyé… je lui dis, c'est promis… au revoir, monsieur Jacquard… Je crois que c'est plus la peine que Marco retourne à la Halle, il lui a volé tellement de sous, aussi ! Moi je trouve qu'il a encore de la chance de tomber sur quelqu'un comme monsieur Jacquard… devant moi, ici, il retire les billets de ses chaussettes !

C'est pas du vent, le vent ça souffle fort, ça arrache les choses, c'est pas du vent, c'est moins que ça, un souffle même pas, rien bougeait, le bout du haut des herbes bougeait pas non plus, l'air avançait mais comme si c'était pas lui qui bougeait, comme si c'était autre chose qui bougeait mais pas l'air, pas le vent, c'est comme si c'était moi qui passais mais pas le vent, c'est comme si c'était moi le vent, et encore pas du grand vent, j'avais rien emporté avec moi, je marchais peinard les mains dans les poches au bord de la rivière, même la rivière coulait pas, c'est moi qui bougeais, rien bougeait, rien, rien, que le vent et moi au bord de l'eau, et le vent c'était pas du vent et moi c'était pas vraiment moi, j'avais rien bu depuis une semaine…

… des hauts et des bas…

… ben ça se voit pas…

La campagne c'est bien, quand on sort on est dehors.

Tout le monde a un destin, même ceux qui ne sont pas nés.

Si tu portes tout le temps tes lunettes, l'œil va plus rien faire, tu verras…

C'est un oculiste ?
— Non, mais y voit bien, ça lui donne des droits.

Tu visses le nerf optique directement sur la lunette, sans t'occuper de l'œil, c'est ce qui guette l'œil en cas de port inconsidéré de la lunette.

Je ne sais pas comment je pourrais dire…
— Un veuf.
— Oui, mais jeune, trente ans.
— Un assassin ?

J'en ai vécu des vertes et des pas mûres !

J'ai fini mon livre, maintenant je peux mourir.
— Baratine pas, demain tu pars en vacances.

Il a une boule ici.
— Cancer ?
— Y sait pas.
— Il a rien dit, le docteur ?
— Il a dit vous avez une boule ici.
— Putain les docteurs, maintenant…

Avant le docteur disait vous avez le cancer, maintenant y dit rien, c'est la secrétaire…

Tu deviens fou, c'est rien, les mecs te coupent un nerf, ça se fait dans l'après-midi, tu rentres chez toi le soir, t'as même pas d'observation.

T'en as deux, la politique-politique et la politique-politicienne, c'est un peu l'esthétique-esthétique et l'esthétique-esthéticienne.

L'étique-étiquette.
— Oui, aussi.

Et quand on sera cent millions de chômeurs, qu'est-ce qui se passera ?! Moi je le dis tout de suite, je fais pas la queue !

Tu viens, je vas à Garonor…

Avant un match je bois une bière.

— Avant de *regarder* un match, précision !

— Oui, bien sûr, précision.


Le zizi dur ! À un an !


C'est les gens bien nourris qui croient à la réincarnation, les autres…

— Ça leur vient pas à l'idée.

— C'est ça, ça leur vient pas à l'idée.


Le monde est à l'envers, c'est ce que je pense, croyez-moi !


Ils fument la rivière, comme ça le saumon est déjà prêt.


L'heure solaire, c'est la plus naturelle, c'est l'heure qui fait pousser les légumes, tu feras pas pousser les légumes avec l'heure de la montre…


L'été, l'hiver, c'est du pareil au même pour nous, à la Poste, on n'a pas la neige au guichet.


Ça s'arrange pas, la politique, maintenant même voter ça sert à rien, les résultats, on les connaît d'avance.

Le rat se sert de sa queue pour mettre en panne les distributeurs de billets.

— Il fait la guerre à l'homme ?

— Non, à la banque, qui construit des immeubles sur les terrains vagues.

Mais non… le maillot c'est le maillot à bretelles, sinon c'est pas le maillot.

Y a des boulangers, y devraient pas sortir de leur boulangerie, moi je dis…

Du soleil en pleine nuit, ça éblouissait, alors j'ai mis une ampoule moins forte.

Le voyage de la Terre à la Lune, t'en as pour une seconde avec les yeux.

La colère des pêcheurs, c'est rien à côté de celle des poissons.

On mange pas assez de poisson.

— Ils ont qu'à enlever les arêtes !

Si on ferait voter les poissons des rivières, le résultat du vote y serait pas le même, forcément.

L'homme, y vote pour un homme à chaque fois.

Soit on les protège, soit on les mange, faudrait savoir !

— T'en protèges un, t'en manges un autre.

— Oui, eh ben c'est pas bien honnête vis-à-vis de la gent aquatique.

Au r'voir, m'sieur Poisson !

Quand je suis tout seul et que ça va pas, je m'en fiche, je téléphone au hasard et je parle aux répondeurs, j'ai eu des répondeurs qui étaient moins cons que des hommes !

T'as déjà mis tes manches courtes ?!

Le château de Chambord, architecturalement, c'est une broussaille.

Faut jamais te faire bronzer à midi.

— Le soleil ?

— Non, tu rates l'apéro.

Boire qu'un verre, ça sert à rien, tu t'abîmes la santé pour rien.

Moi, je m'appellerais Pommier, je me suiciderais.

Il a un faux nez en plastique, il a été opéré, c'est du plastique, la cloison en tout cas est en plastique.

— Ça sent pas trop le plastique ?

Le soir, quand le ciel est mauve et que tu manges dehors, la salade devient mauve.

— Ah ?

Il avait le nez pointu, avant, mais il a pris un coup de boule.

L'idéal pour l'été, c'est encore le coton.

❦

Tu connais pas *Les Envahisseurs* ? Putain mais tu viens d'où, toi ?!

Quand ça pleut beaucoup, les combattants se mettent à l'abri, ça fait des trêves, comment dire, naturelles.

Toute ma vie est une succession de… ?… jours.

Quand tu vois la pêche que Johnny Hallyday il a, tu te dis que avoir cinquante ans, c'est un miracle de la nature !

Avec l'ordinateur, tu peux tout faire.

À quoi ça sert, de lire le journal, si c'est que pour avoir les nouvelles ?

J'aurais aimé être un marin, c'est les seuls qui flottent dans leur travail.

Mais comment ça se fait ?
— Ça, faut lui demander.
— Et sa femme elle dit quoi ?
— Elle dit : « J'en ai assez, t'as encore fait pipi au lit ! »
— C'est quoi ?
— La bière.

Le citron est un agrume, et quand tu bois un jus de citron, en fait c'est un jus d'agrume, on dit citron pour un problème commercial, pour amener les femmes et les enfants à la dégustation, agrume, c'est déjà presque une boisson d'homme…

Non non non, moi j'aime pas dire ce que je pense, parce que, imagine que c'est une connerie, imagine…

Avant on donnait les épluchures au cochon, mais maintenant, les épluchures, on les jette.
— C'est autant de gâché, mais on peut quand même pas avoir des cochons chaque fois qu'on fait des épluchures.

— On a bien des éboueurs, on pourrait se payer des cochons !

♨

C'est un vin que j'aime bien parce qu'il fait des bons renvois.

Quand on paye un timbre pour écrire, c'est quasiment de l'édition à compte d'auteur.

Plus le timbre-poste sera cher et moins on osera écrire des bêtises.

— Non mais tout de même, ça les regarde pas, ce qu'on écrit !

— Des fois, on est en vacances et on écrit « il fait beau ».

— Et alors ? S'il fait beau !

— Des fois il fait que moyen beau.

— Ça, de toute façon, on devrait pas le payer du tout ! Faire payer quand on dit qu'il fait beau, c'est culotté !

— Des fois ça pleut, malheureusement…

— Vous vous rendez compte, on nous fait payer des timbres quand on parle du temps ! Ça donne pas envie de parler de choses sérieuses !

— On pourrait pas les payer.

Celui-là, vraiment, bon débarras…

C'est comme ça que je reconnais les étrangers, ils mettent trop d'eau dans le Ricard. Il est bien mais faut pas qu'il boive.


Des plantes géantes partout, personne peut s'asseoir.

— De toute façon, avec les araignées…

— C'est des peuplades qui sont tout le temps debout.

— Même d'ailleurs si on leur introduit la chaise dans la civilisation, y a pas de place dans la forêt.

— Le jour où vous verrez un pygmée assis, vous me téléphonez.


Des bagnoles, des bagnoles, des bagnoles, des bagnoles, des bagnoles…

— Nous on est partis le deux.


À la télé on n'entend que des morts !

— Ah non ! Et les jeux alors ? « Questions pour un champion », par exemple…

— Oui, mais à part « Questions pour un champion », que des morts.

— Faudrait pas qu'elle s'arrête, cette émission.

— Ah non ! Même si c'est bête, y a pas de morts.

SA Scapin Productions recrute un chef électricien mi-temps et une employée de bureau
conn…

— … conn, je sais pas ce que ça veut dire.

— Connaissant… connaissant info-PC TTX
Works et Word 5 Tableur…

— Oui, bon… et à la télé y a quoi ?

Avec la démence progressive, ce qu'il y a de
bien, c'est que c'est progressif justement, et les
gens ont le temps de s'écarter.

— Encore faut-il qu'on regarde dans la direction du fou progressif.

— Ah bien sûr, celui qui regarde de l'autre côté
est bon pour un poing sur la gueule.

On a vingt mille enseignants en France, et je
suis sûr que tu sais même pas dans quel département c'est, Valence !

— … ?

— Un enseignant même que ça serait de trop…

T'as pas de bon théâtre sans bon menuisier, à
cause des planches, là où les acteurs marchent, c'est
la terre de la comédie, et comme c'est de la terre
en bois, c'est à nous que revient la responsabilité
que la terre ne grince pas, surtout la neuve, quand
l'acteur traverse en pleurant.

J'y suis allé une fois…

— …

— … en Orient…

— …

— J'ai bien aimé…

— …

— Vous connaissez l'Orient ?

— Très peu… j'ai vu des cartes postales…

— …

— …

— …

— …

— Et Sylvie, ses dents ?

Je vais profiter de cet été pour essayer de maigrir, s'il ne pleut pas.

La Grèce c'est bien, mais les Grecs, c'est en trop.

En Afrique la grêle fond, après la goutte s'évapore, résultat il ne pleut jamais.

L'Orient n'a plus de mystères, on le traverse en car.

Après plusieurs années sans boire un alcool, c'est comme si tu renais, t'es déjà vieux et avec des habits mais tu renais, et du coup tu remets ça.

Tu verrais les campings ! On dirait des fourmilières de toile.

Leur système « Socrate », même Platon saurait pas s'en servir.

J'ai toujours une capote sur moi... pas deux, faut pas exagérer...

Entre ici et là-bas, un franc de différence sur le kir.
— C'est la guerre des prix.
— Oui, mais tout de même !
— C'est la guerre des prix.
— Et les morts, c'est nous ?

L'Atlantide, on cherche au fond de la mer alors que si ça se trouve c'est à la montagne...

Pour un été pourri, c'est un été pourri... enfin bref... ce mauvais temps, ça fait au moins des heureux dans les hôpitaux, les malades qui sont couchés voient pas les rayons de soleil entrer dans la chambre, avec tous les microbes qui volent dedans comme du plancton pas bien honnête...

Encore enceinte ?! Elle a toujours un enfant sur le feu, celle-là.

J'adore écrire des cartes postales, rien que de savoir que je pars à la mer ça me met l'encre à la plume.

Moi je sais jamais quoi dire.
— Tu l'envoies avec rien, du moment que l'image est belle.

Quand tu vois comment les Japonais font les bouquets, tu peux dire que les nôtres c'est des poignées de bites.

Y aura jamais la paix, en Bosnie, c'est pas possible, c'est trop l'imbroglio.
— Tu sais, des imbroglios, on en a vu d'autres, au Tchad par exemple, faut le voir l'imbroglio.
— Au Tchad non, c'est pas le même imbroglio.
— Tu sais, un imbroglio, c'est un imbroglio.
— Pas du tout ! Tu peux pas comparer l'imbroglio bosniaque et l'imbroglio tchadien.
— Ah bon, et pourquoi ça ?
— …
— …
— En Bosnie ça pleut, et ça…

L'objet n'a pas de volonté, sinon quand tu pousses la chaise elle ne tombe pas, elle reste sur ses pieds et elle te regarde comme ta fille quand t'as picolé.

À trois mètres du bord t'as plus pied, c'est une mer qui a tout de suite de l'eau.

Les Croates c'est qui, et les Serbes c'est qui ?

⛣

À Orly je me suis fait cirer les godasses dans un truc automatique, dix francs et elles sont toujours aussi sales, dis donc !
— T'aurais mieux fait d'attendre d'arriver dans ton pays de cireurs.

Tout l'atoll est fissuré à cause des essais atomiques, d'ailleurs on se demande comment les gens vont aux commissions...

C'est une île jolie, jolie, colorée, c'est bien simple, on dirait un pot de fleurs sur la mer.

Tout le monde fait pipi dans l'eau, résultat on n'a pas le droit de ramasser les berniques.

Qu'est-ce que t'as, à défendre Flaubert à cette heure-là ?!

Tous ceux qui ont visité Venise te le diront : c'est plein d'eau.

Une maison c'est rien qu'un nid, alors faire payer ça des millions, c'est prendre les oiseaux pour des cons !

Les paysans mettent mille fois trop d'engrais, bientôt, vous verrez, les cailloux dans les champs feront des branches...

Le cinéma français, pour le sortir de France, faut le cacher dans ses pneus...

Chez Gallimard, ils rajoutent de la colle sous les virgules pour que les virgules ne se détachent pas.
— Ah oui, ils ont des livres très très bien faits, ah oui !

T'as une odeur par pays, si t'aimes pas l'odeur, tu peux pas aimer le pays.

Des verres de vin grands comme ça ! Mais au Canada, tout est disproportionné.

Tu sais combien, la crêpe au sucre ?! Vingt francs ! À ce prix-là, j'arrête la tôlerie et je fais crêpe au sucre !

Le Mexique c'est laid, c'est sale, la bouffe est pas bonne, t'as pas de routes, ça pue et en plus les gens sont racistes.

Retourner toujours au même endroit c'est encore la façon la plus sûre de voyager dans ce qu'on connaît.
— Nous on fait pareil.

La moitié des étoiles ont disparu.
— À cause de la pollution ?
— On sait pas.

Aujourd'hui, avec l'avion, on peut aller n'importe où en dix minutes.

Pendant tout le trajet en car on a dormi et on s'est réveillés à Lourdes, vraiment c'est bien, ces voyages en car.

Ah la, la, pas moyen de les faire venir à table pour manger !
— Les enfants, quand ça se met à jouer…
— On va tout de même pas leur amener la salade dans l'eau, comme aux poissons !

Il est aveugle depuis trois ans maintenant, mais pour son moral il continue à allumer les lumières.
— C'est bien, mais au fond, ça coûte de l'électricité pour rien.
— Pensez pas ça, sa belle-fille lui a retiré les ampoules.

Les panneaux ont au moins dix formes différentes, comment tu veux conduire avec ça ?

Dans Zola, tu peux virer la moitié.

La Terre est ronde, mais pas partout...

🍸

Le plus féroce des soldats, avec un casque bleu vous en faites une tantouse.

Moi, quand je conduis, je bois presque pas.
Vous pouvez nous remettre une petite collation...

Balladur, il fait sérieux, il ressemble à un animal qui enterre ses crottes.

Tapie, même en prison il aura des huîtres.

Avec tous ces morts sur les routes, ça en fait du manger qui va se gâter dans les frigos.

J'ai toujours habité sur une péniche, toujours ! Pour moi, c'est la terre qui coule et moi qui ne bouge pas.

L'eau c'est du parquet, un coup de soleil là-dessus et ta péniche elle glisse comme un chausson !

Il a eu une vie bien remplie et puis il est mort, sa vie bien remplie, elle s'est vidée d'un coup dans le trou.

Tous les ans, on se fait voler trois ou quatre piquets de tente.
— C'est marrant.
— Eh bien pas cette année.
— Ça s'arrange, alors ?
— C'est le résultat des gendarmes à vélo.
— Ah oui, je les ai vus à la télé.
— Ils ont montré les vélos aussi ?
— Oui oui, on les a bien vus.
— Ils en auraient mis avant, on en aurait écono-misé, des piquets de tente !

Les hôpitaux de Moscou n'ont aucun matériel, ils font les rayons avec des lampes de poche.
— Si ça marche...

Je veux bien qu'on me mange quand je serai mort si ça peut faire manger des gens.

Des tonnes et des tonnes de pêches à la décharge, c'est scandaleux !
— Les gens mangent des yaourts.
— À la limite on ferait mieux de jeter les yaourts à la décharge, au moins eux ne sont pas des êtres vivants !

On l'a vu, le pont de l'île de Ré, ça tiendra pas, y a déjà des moules sur les piliers.

Les vagues ramènent tout sur le bord, et en premier, de l'eau.

On a fait un régime poisson, poisson, poisson, poisson, poisson.
— On n'en mange pas assez.
— Oui justement, là, régime poisson, poisson, poisson, poisson, poisson.
— Que du poisson ?
— Que du poisson.
— À force vous en aviez pas assez, du poisson ?
— Non non, poisson, poisson, poisson, poisson.
— Et c'est pas écœurant ?

— Non.

— Sans arrêt du poisson ? Du poisson, du poisson, que du poisson.

— Régime poisson.

— À la longue…

— Oui, à la longue, on en a assez.

— Ah ! C'est bien ce que je pensais !

— …

— On est à la mer alors on s'oblige, je vous trouvais une drôle de mine…

— Ah bon ?

— Toute grise.

— Ah bon ?

— …

— C'est le poisson.

Le poisson c'est comme tout, si on en mange trop ça devient de la viande.

Le 24 août, j'ai vu la division Leclerc à l'Arc de triomphe.

— C'était le 26, vous avez mal vu.

Quand j'ai fait le con la veille, le lendemain je suis calme.

— Je te trouvais bien calme, c'est pour ça, t'as fait le con la veille, la veille c'était quand ?

— Hier… toi aussi t'as fait le con, on dirait.

— Quand ?

— Hier.

— C'était quand ?

— ...

— ...

— C'est bien, la Heineken, c'est léger, ça fait rince-cochon.

Un feu de forêt, un feu n'importe où, un feu chez vous, nous on vient puisqu'on est des pompiers.

C'est la mafia qui fout le feu en Corse, d'ailleurs c'est pas dur, suffit qu'ils balancent leurs cigares.

Bon, ben on va aller plus loin...

C'est des rosiers qu'il a mis, mais attention, c'est des rosiers, y faut pas avoir le cancer, c'est des boutures, faut trois ans.

Ils vivent dans des roulottes et ils font des paniers d'osier comme les animaux.

Jusqu'à preuve du contraire, c'est encore moi le patron !

Dans l'eau t'as pas de microbe, ou alors maximum dix, le microbe ne respire pas sous l'eau, sauf dans l'eau à bulles.

Errare humanum test, l'erreur est normale.

Il a travaillé à Avallon et puis il est mort.
— Il est monté à Paris ?
— Non non, jamais !
— …
— Quoi faire ?

Je connais quelqu'un aussi comme ça, il a travaillé à Versailles et puis il est mort.

La mer, ça perd beaucoup à la télé.

Il a posté sa lettre de démission mais comme après il a regretté il a pris un marteau et un burin et il a voulu enlever la boîte aux lettres de dans le mur.
— Abandonner son travail, avec tout le chômage…
— Il était saoul.
— Oui mais bon, tout de même…

Pour Auxerre, c'est direct ? Je demande, parce que vous êtes cheminot…
— À la retraite !
— …
— …

— Pour Auxerre, c'est direct ?

— À la retraite ! Demandez à un autre, faites travailler un jeune.

Mao, il avait tout le temps la bite à la main.

Il se branle dans le lavabo, ça part dans les rivières jusqu'à la mer, là où des filles se baignent, il baise comme une truite, avec la laitance qui s'éparpille dans l'eau.

Vite !

— Buvons !

Mon café est connu dans toute la rue.

Rabelais parle très bien du caca, mais c'est quasiment le seul.

J'y vais plus, à La Campanule.

— Ça existe plus.

— Oui, et j'y vais plus.

C't'année je vais prendre une année sabbatique d'un an.

Inoubliable.

— Sauf les entrées.

Ils ont repassé *Rocky* à la télé, en plus derrière avec la musique des « Grosses Têtes ».

À l'ère glaciaire ta glacière avait la dimension d'une aire.

Les vieux chient au lit, sinon comment veux-tu qu'ils fassent pour faire comprendre qu'ils sont en vie ?

Le rock avant ça voulait dire quelque chose, mais maintenant ça s'écoute comme de la musique.

Mélange techno et rock.
— Je connais, je suis pas un mongolien.

Des fraises en veux-tu en voilà comme s'il en pleuvait des averses, j'ai pas pu finir.
— Les fraises c'est le compte juste, sinon on est écœuré.

La campanule c'est un nom de fleur, mais avant tout c'est un nom de bistrot.

Le seul vol qu'on n'a pas réussi à comprendre scientifiquement, c'est le vol du canard.

Des voitures on en a tous, c'est plus une égalité entre les hommes que les rivières, personne n'en a...

Ils vont faire une télé avec des petites annonces, et ça c'est bien, parce que les petites annonces dans le journal, des fois, pour les trouver, bonjour les méninges !

Si elle fait pipi longtemps, ça avorte la femme.
— Ah, alors ça, il vaut mieux qu'elle fasse pipi, alors.

Tu viens à la Civette, ils ont le dernier de la Mano ?

Au Sancerre j'y vais plus, c'est que des cons.

Si on nous avait dit que l'Afrique du Sud deviendrait noire...
— On l'aurait pas cru.

Mandela président de l'Afrique, c'est normal finalement, puisque c'est un Noir.

C'est normal qu'ils aient un Noir puisque nous on a un Blanc, Mitterrand c'est un Blanc...

Balladur aussi, c'est un homme blanc…

Mandela, on a envie de peindre dessus comme le mur de Berlin.

C'est une bonne formation, la prison, avant d'être président, ça devrait être obligatoire plutôt que l'ENA…

La course à voiture, mais c'est les jeux du cirque !

Senna, il est mort sacrifié pour des intérêts plus hauts que lui, mais la mort en soi est déjà un intérêt plus haut, non ? Hein ?

Ils auraient arrêté la course avant l'accident, y aurait pas eu d'accident, pas raison ?

Ils étaient contents sur le cercueil de Senna, pires que des cochons sur une truffe…

Un enterrement comme ça, ça fait pro.

La Formule 1, c'est virages et pognon.

Et les voitures, ils les enterrent ?
— Ah non, elles vont au musée.

Les voitures sont trop performantes par rapport au corps humain qui ne supporte plus les conditions extrêmes.

— Faut pas exagérer, y sont quand même pas debout, les mecs.

Pour la Formule 1, c'est les roues, pour la corrida, c'est les pattes du taureau…

À deux mille francs par mois, tu verrais que les pilotes de F1 rouleraient moins vite !

J'ai le cœur qui s'est arrêté !
— Vous inquiétez pas, le cœur c'est rien.

L'anatomie, c'est dedans, dehors c'est les habits.

Dans le cœur, t'as l'aorte et les oubliettes.

Tapie camembert, Tapie président…

C'est pas toujours agréable, les odeurs.

C'est comme ça, la vie…
— C'est comme ça, la vie…

… la première fois que j'ai insisté, on m'a dit non… alors maintenant…

*Le Dormeur du Val*, c'était pas son meilleur non plus…

Je vais en Argentine, si tu veux, je te ramène un guépard ?

Le cartel de Medellín, c'est pas pire que la Française des Jeux.

La télé fait élire les présidents et la radio c'est les ministres qu'elle s'occupe.

Tous les plus grands cerveaux fuient la France, ben putain, je sais pas ce qu'il leur faut, comme paysages ?!

… Maintenant le système s'est inversé, plus on chie plus on bouffe…

Mandela, il était en prison et maintenant il est président : il aura pas eu une minute à lui, celui-là.

Train, avion, péniche, caravane, dans tous les véhicules qui se déplacent on pisse sur le rebord…

Si tu entends le chant du coucou et que tu as une pièce dans la poche, ça veut dire que tu auras de l'argent toute l'année.

— Ça marche aussi avec la carte bleue ?

Quand on lit, c'est bien, on pense à rien.

Il a la réussite dans le sang, manque de pot, y saigne jamais…

Pas de short en ville !
— Toi t'es nazie, de toute façon.

Lundi 3, mardi 4, mercredi 7…
— Ça m'étonnerait.

Vous avez vu, ils nous enlèvent notre Pascal Sevran et « Des Chiffres et des Lettres » pour mettre leur tennis.
— Ils nous enlèvent pas notre Julien, au moins ?

La banlieue de Moscou se trouve construite dans un fossé, ce qui fait que depuis Moscou on ne voit pas la banlieue, on voit directement la neige.
— Aaaaaaaaah… dites donc, c'est bien pensé.

Il peint des trompe-l'œil, c'est une poupée, on dirait une vraie poupée mais c'est pas une vraie poupée, c'est une peinture.
— Comme une photo ?

— C'est une peinture.
— Un trompe-l'œil ?
— C'est ça.
— Un branle-couillon, oui !

Tu veux rigoler cinq minutes ? Tu la connais celle de la braguette et de l'œuf dur ?

On roulait derrière un 94, il roulait comme un con.
— Il allait chez des amis.
— Les 94 ont pas d'amis.
— Tu rigoles ! C'est eux qui ont le plus d'amis, les 94, les 95, les 93, les 92, ils habitent dans des coins pourris et ils vont tout le temps en week-end chez des amis.

Il est joli.
— C'est un tablier que j'ai acheté dans le camion qui passe.

L'envoyé spécial, il a droit à des frais spéciaux.

C'est facile d'intervenir au Rwanda, y a que des bananiers.

On peut quand même pas aller partout où ça se bat.
— Justement, on va nulle part où ça se bat.
— Ah bon ?

Anne Sinclair, je regarde comment elle est habillée, et après je change de chaîne.

Balladur, on voit jamais son pantalon.
— Presque aucun homme politique on voit le pantalon.
— Si il veut, l'homme politique met pas de pantalon.
— Sauf pour les descentes d'avion.
— Exact.

⚱

T'es pas obligé de te taper toute la *Tétralogie* de Wagner, tu peux écouter qu'une Logie si tu veux…

Dior…
— Les habits ?

… C'est le contraire, moins t'as de trous, meilleur il est.

Une fenêtre par habitant, comme les moules.

Elle s'est fait un panaris en triant des factures, en triant vite pour finir tôt.
— C'est toujours sale, une facture.

Il a un passage à vide…
C'est pas un passage, c'est une avenue.

La culture, tout le monde en a, de la culture, suffit que tu dises ta date de naissance, tiens, ça en est de la culture, au fond, puisqu'on apprend les dates des autres, une date c'est une date !

Avec l'argent de la drogue, tu pourrais t'acheter dix fois l'argent du pinard.

L'argent sale, c'est pas pire que la pauvreté sale.

Elle a pris dix ans à pleurer avec les échalotes, que ça lui faisait rougir ses yeux tout bouffis.

Il faudrait que le poison soit comestible, au cas où on avale.

Des pucerons partout partout partout…

🍷

Le nudisme c'est bien, mais on voit des grosses vaches des fois…
— C'est pas très joli à regarder.
— Ah ça non ! Et les hommes c'est pareil, aucun complexe !
— Étalés sur la plage…

— Ça gâche la nature !

— On n'ose plus regarder dehors.

— On sort plus ! On reste dans le bungalow.

— Les gens ne se voient pas comme ils sont.

— C'est du toupet… on ne voit pas des énormes papillons avec plein de bide !

— Le naturisme faut le faire chez soi.

— C'est le minimum de respect de l'autre.

— Et de soi.

— Le respect de soi commence par le respect de l'autre.

— …

— …

— …

— Et même des vieux !

— Ça, c'est aux enfants d'interdire.

— …

— Même sous la douche j'ai un bonnet.


Le cœur ne se repose jamais, mais le foie non plus.


C'est complètement con d'intervenir en Bosnie l'hiver et au Rwanda l'été, c'est de la migration à l'envers…


Burt Reynolds a un frigo qui distribue de la glace, mais ils en ont tous, à Hollywood, t'appuies sur un bouton et la glace tombe dans le verre, t'as pas le plaisir de démouler le glaçon sous l'eau tiède, mais eux, leur plaisir de toute façon, c'est la drogue.

De ce temps-là, faut enculer un Esquimau, au moins t'as la bite au frais...

Une échelle de peintre, à l'échelle cosmique, c'est un saut de puce.

L'approche de l'environnement du biotope, c'est ce que je voudrais faire comme stage, le débroussaillage et le casse-croûte dans les bois...

L'Audimat compte le nombre d'yeux qui regardent, c'est un organisme qui fait l'appel comme à l'armée.

Minidoux et Maxicon.
— Que eux deux ?
— Non, avec leur femme, j'ai fait un gigot.
— Ah je me souviens, tu le fais vachement bien.

Lui, quand il reçoit, il met les petits plats dans les plats.

Les microbes, y nous chient dedans, bien obligés.

La branlée qu'il a prise, il était bolognaise !

… Ça serait beaucoup plus intéressant pour tout le monde, que les tirs d'Ariane se fassent depuis les Tuileries…

Il parle de Yourcenar et une seconde après il parle de *Tata Yoyo*, il est coupé en deux dans sa tête… ? *Tata Yoyo*… la chanson d'Annie Cordy…
— Il est chizofrène alors, le Serge ?

L'homme a pas marché sur la Lune, c'est les Américains qui ont marché sur la Lune, l'homme, il a regardé les Américains marcher sur la Lune à la télé.

Le retour, c'est l'aller, mais en verlan.

Bar à vin
sont deux noms
qui vont très bien ensemble
très bien ensemble
baar… baar… à vin-in
bara-baravin
baravin-ravin-in
baravin ravin ravin
bar à vin
bar à vin
bar à vin bar à vin à vin vin
bar à vin vin ba-bar à vin

ba-bar à vin
ba-bar à vin…
— Ratafia
ratafia
tafafia-a
ra-ta-fia-fia ratafia ratafia !
— C'était qui au début qui faisait ça ?
— Les Beatles, bien sûr.

T'as dit que tu partais au Canada ?
— Tu sais, ce que je dis quand je suis bourré…

Gulliver, y met pas des lunettes de soleil, y se met deux nuages là et c'est tout.

Quitte à se suicider, ah non, autant tuer quelqu'un, alors !

On a bouffé des chips par terre, on a fait Woodstock comme à l'époque.

Ils ont des bateaux marqués Primagaz.
— Vous savez, au milieu de la mer, personne lit les noms, c'est pour les cons du départ et de l'arrivée.

À force d'égorger des étrangers, tout ce qu'ils vont gagner, les Algériens, c'est qu'à la fin il restera plus qu'eux comme étrangers…

Moi je m'en fous, quand je sais pas où dormir je vais m'écrouler aux sablières.

C'est pas moi qui prendrai mes vacances dans le désert, faut boire sa pisse.

C'est le fils du garagiste, alors évidemment, vrin vrin vrin toute la nuit la mobylette, il a l'essence gratuite !
— Ces cons, t'en fais des biscuits avec eux, et direction la Bosnie ou le Rwanda !

Ah ! la, la, ces navigateurs, si on les laisse faire, en dix minutes ils auront traversé l'Atlantique, ils sont bien pressés de rentrer, lâchez-moi sur l'Atlantique vous n'êtes pas près de me revoir !

Sur ma bouteille de gaz, y a marqué Primagaz, et ma bouteille de gaz ne traverse pas l'Atlantique.

L'océan lit pas les noms.

Mon nom c'est « le voyageur », pas pour rien puisque je voyage.

Non mais, écoute franchement, tous les kilos qu'on perd ils sont où ?

Si tout le monde sur Terre maigrit d'un kilo, la Terre c'est comme si elle porte plus rien d'un coup... ça lui fait ça... à la Terre... si on maigrit... d'un kilo chacun...

Il a foncé dans le flic qui était sur la route.
— Et quand on en a besoin, ils ne sont jamais là !

Autant de vélos ensemble, j'en avais jamais vus d'aussi près, ils devraient en faire plus souvent, des Tours de France, c'est très pédagogique.

Avec le Tour de France, on découvre les petites routes de France.
— Y en a plus.
— Assez pour faire le Tour de France.
— Vous avez vu le nombre de voitures et de coureurs ?! Ils élargissent la veille.

Le vélo, c'est le seul sport qui ne soit pas violent, et quand il y a une chute justement ils la repassent vingt-cinq fois, comme pour rendre violent ce qui ne l'était pas, on va plus savoir quoi regarder quand on n'aime pas le sang.

J'ai fait une omelette aux champignons.
— Tu fais ce que tu veux !

Les moches, ils vont tout le temps à la montagne, pour pas se mettre en maillot.

L'Europe n'en a pas, mais l'Afrique en est pleine, des fuseaux horaires.

Au bal j'ai pris une branlée, j'étais plein comme une vache.
— Moi aussi.
— ... ?
— Si ça se trouve, c'est nous qu'on s'est mis une branlée ?!

Je m'en vais, je m'en vais.
— Vous pouvez rester autant que vous voulez !
— Justement c'est pour ça, je m'en vais.

C'est bien fait, finalement, qu'il neige pas au mois d'août, ça fondrait tout de suite.

Je me suis mis un mot sur le frigo, « arroser les plantes avant de partir », parce que sinon, j'oublie.
— Elle se mettrait un mot « faire pipi », celle-là...

Dans la jungle, on n'a pas construit des habitations, sinon, il faudrait arroser les plantes de la jungle, dès qu'on construit faut arroser, c'est radical.

Ça fait deux cents ans que les États-Unis existent et ils ont déjà la Coupe du Monde chez eux ! Je le crois pas !

Le sifflet ne fait pas peur, l'arbitre aurait plus d'autorité avec une sirène comme la police…

Tu payes un coup ?
— Je fête mon jubilé de comptoir.

Brésil-Italie, on pouvait pas espérer mieux comme finale.
— Si, France-France.

L'Allemagne ne pouvait pas gagner, il ne faut pas oublier que c'est d'abord un pays de charcuterie.

Si l'arbitre ne voit pas une faute, les officiels ont recours à la vidéo.
— La vidéo, la vidéo, quand on voit tout ce qui se fait de pirate en ce moment…

Pas d'accord pour décider d'une qualification avec les tirs au but, ou alors on fait pareil aux prochaines élections.

Il fait chaud ! Il fait chaud ! Il fait chaud ! Tout ce qu'il sait dire, Thierry Roland, c'est qu'il fait chaud.

Thierry Roland a dit qu'on pouvait mourir quand la France a gagné la Coupe du Monde, il a dit ça aussi.

— Il est toujours pas mort, ce con ?

Du clavecin toute la nuit !

— C'est pas des jeunes, ça...

Il est mouru sur le palier, la queue de la souris dans la bouche.

— Les étages, c'est pareil, c'est pas bon pour les vieux chats.

La concierge a dit qu'il était mort « su'bite », pas sur le dos ; c'était rien qu'un infractus pourtant.

Il est positivement con.

Ballutin, il est mondialement connu en France.

C'est un chien, c'est Colombo, il sait quand j'ai mangé du sandwich.

J'aime la vie, je suis un bonbon à la menthe.

On le dit, mais c'est vrai, on se souvient toujours de ses premiers amours :

— Elle était amoureuse d'un gars qui faisait les
moissons dans la région, et il jouait de l'accor-
déon.

— Oui.

— Et le curé ! Elle était amoureuse du curé.

— J'allais à la messe pour voir le joli curé.

— Elle s'en souvient bien, la grand-mère.

— Ah oui.

— Hein la grand-mère ?! Et si elle oublie, je
suis là.

— Ah oui.

— Alors ?

— Plus de peur que de mal.


Toutes les caisses fermées sauf une, on a fait la
queue une heure pour des yaourts, c'était rocam-
bolesque !


Ils ont qu'à pêcher chez eux, les Espagnols ! Ils
ont pas des rivières chez eux ?!

— Le thon, c'est pas dans la rivière.

— Je sais ! Mais y a pas que le thon comme
poisson, y en a d'autres qui sont très bons aussi…
me prends pas pour plus con que je suis… je sais

très bien que c'est un poisson de mer, le thon... et qu'il vit en bande.

Aux Baumettes, les mecs se bronzent à travers les barreaux avec un bout de verre sur le manche d'une brosse à dents, ils sortent le bras sur la façade, ça leur renvoie le soleil dessus, et comme ça centimètre après centimètre ils se font bronzer la peau.

— C'est inhumain, la prison l'été.

Je ne lis pas le journal, tout ce que je sais de l'actualité c'est vous qui me le dites, j'ai plus confiance en vous qu'en eux.

— C'est gentil, mais moi ce que je dis je l'ai lu dans le journal, vous savez.

— Oui, mais vous rectifiez.

— Non.

— Vous racontez bien, en tout cas... mieux qu'eux.

🕯

La couleur des rideaux, normalement, c'est aux voisins de la choisir.

... Je ne sais plus ce que je vous dis, mais c'est sérieux.

Il marche de travers comme les crabes.

158

— Ça, c'est typique du mec qui cherche pas du boulot.

Heu heu... heu heu... heu heu...
— Ah ah... ah... ah ah... ah ah...
— Heu... heu... heu heu... le mec là-bas... heu heu...
— Le chevelu... ah, ah... ah ?
— Heu heu... dégaine Polnareff...
— Ah ah...
— Heu heu...
— Déconnade...

Cette musique, ça me rappelle des souvenirs, mais je sais plus lesquels...

Il est là, Yaka ?
— T'as qu'à regarder, tu me verras.
— Ah oui, il est là.

Du Rwanda, on en a en France, et on ne s'en occupe pas.

L'alcool au guidon, c'est pas tellement mieux !

Encore heureux que la Corse soit au milieu de l'eau, parce que quand on voit les incendies tous les ans, on se dit... on se dit encore heureux !

C'est pas de l'alcoolisme, c'est de la soif.

J'ai failli mourir de honte !

— Oui… mais vous êtes pas mort.

Je vais boire quatre bières.

— Tu dis pour la bière comme pour les enfants, j'en veux quatre.

— Je veux pas quatre enfants.

— C'est le « je veux » qui me fait penser à ça.

— Tu veux quatre enfants ?

— Non, c'est juste le système de la prévision.

— … ?

— Allons-y pour les bières.

Il travaille aux Chèques postaux comme Saint-Exupéry.

Neuf cents noyés ! Neuf cents ! C'est comme si vous avez le mont Saint-Michel qui coule avec les commerçants.

Ils ne ferment pas les portes des bateaux, résultat l'eau rentre et ça coule.

— Même la porte du frigo, moi je pense à la fermer !

Elle est plus avec lui ?

— Celui de la RATP, c'est fini, elle fait des bêtises, elle s'est amourachée d'un autre.

— Ah ?

— Vous savez ? Un qui met un foulard sur la tête.

— Houlà ! Elle s'est amourachée de ça ?! Mais elle est encore plus folle que je croyais !

À Nation, la statue en haut de la colonne, c'est la photo de saint Louis.

Je deviens fou, mais intérieurement.

J'adore la vie, trois fois je dépose le bilan, trois fois je refais une société, j'adore la vie je te dis.

Un jour c'est un avion qui tombe, un autre jour c'est un bateau qui coule, on va plus pouvoir voyager.

— Ils ont qu'à faire flotter les avions.

— … ?

— Tenez, l'hydravion, ça tombe pas et ça coule pas.

Ils vont filmer l'épave avec des robots sous-marins.

— Ils feraient mieux d'avoir des robots fermeurs de portes !

Mourir dans le naufrage, c'est moins pire que certaines maladies, on meurt au fond de la mer, c'est plus beau que l'hôpital.

À l'hôpital, à la fin, vous n'avez même pas le droit d'avoir un poisson rouge sur la table de nuit.
— Là ils sont morts comme dans un hôpital plein de poissons.

La rentrée scolaire, le soir ils ressortent.
— …
— Tu parles d'une rentrée…
— …
— C'est bien la peine d'en faire tout le bata-clan.
— …
— Le matin, le soir, hop, dehors.
— …
— À l'internat, ça oui, c'est la rentrée, tu rentres, tu sors un an après…
— C'est la prison.
— Oui, eh bien la prison justement, ça c'est une vraie rentrée.

Treize à table, ça porte malheur, mais personne à table, c'est pire.

C'est Poussin qui a inventé l'art moderne.

— Fais pas le malin, c'est marqué sur les bus.

Le singe d'aujourd'hui, il n'évolue pas, pourtant il y a la télé, la radio, le téléphone, il reste un singe, alors qu'avant, il n'y avait rien, et le singe a quand même évolué pour devenir un homme.

— Plus on lui en donne, au singe, moins il en fait.

C'est quand le singe est sorti de l'eau qu'il est devenu un homme…

Il regarde dehors, il réfléchit, il boit un coup en se grattant le cul, c'est l'homme-orchestre.

Ce bistrot, c'est le cap Horn, moi je passe au large sinon j'en sors pas vivant.

Il boit des apéritifs maison chez lui.

— Alors ?

— L'apéritif maison, c'est au restaurant qu'on le boit, le serveur te demande, est-ce que vous voulez un apéritif maison ?

— On m'a jamais demandé ça, à moi.

— T'en bois pas chez toi, de l'apéritif maison ?

— Chez moi, je bois de l'apéritif normal.

— Lui, il boit de l'apéritif maison.

— Pourquoi il fait ça ?

— Il ment !

— Pourquoi ?

— Faut lui demander à lui !

— C'est quoi la différence ?

— Une cerise dedans.

— Ah non, moi je ne mets pas de cerise dans mon apéritif quand je bois chez moi.

— Il ment !

— Je vois pas l'intérêt de mettre une cerise en mensonge.

— Il boit des apéritifs comme tout le monde, et c'est tout.

— Il habite où ?

— Un pavillon.

— C'est pour ça.

— Bien sûr que c'est pour ça, dans son pavillon, l'apéritif normal c'est plus assez, l'apéritif normal, c'est bon pour les cons comme nous !

— Une cerise c'est rien, dans un pavillon.

— Il ment ! C'est pas son pavillon.

⚱

Avec l'œil bleu, tu vois comme les veaux y voient.

L'inventeur de la clef, c'est pas le même que l'inventeur du porte-clefs, tu inventes quelque chose, tu as tout de suite des hyènes autour de toi.

C'est de la folie, ces inondations !

— Moins ça pleut dans les pays de sécheresse, et plus ça pleut chez nous, c'est couru, c'est pas la faute des déserts si on a les pieds dans l'eau, mais c'est presque.

Une émission sur les draps de lit !
— À la télé ?
— J'ai rien compris à ce que ça faisait là…
— Et on paye la redevance…
— Ça promet, quand y aura deux cents chaînes…
— Ça parlera des housses.

L'embouteillage, c'est une forme de conscience collective, non ?

L'eau des inondations fait plus de dégâts qu'avant, à cause de la Javel dedans.

Ils construisent n'importe où au bord de l'eau, et après ils se plaignent d'être inondés.
— Il faudrait construire sur pilotis comme chez les lacustres.
— Ça empêchera pas les caves d'être inondées, vous allez pas mettre les caves sur pilotis…
— Les caves, non.
— Et le garage des voitures ? Vous allez pas monter dans le garage pilotis en montant sur l'échelle !
— Le garage, non.
— Et ce sont souvent les voitures qui sont emportées…

— Interdiction de se garer au bord de l'eau.

— Les gens se garent n'importe où, et ils se plaignent d'être inondés.

— À Venise vous n'avez pas de voitures emportées, il n'y a que des bateaux.

— La Lozère, c'est pas Venise.

— J'ai pas dit ça.

— Remarquez, Venise, c'est construit un peu n'importe où, quand on regarde.

— La ville s'enfonce.

— C'est pas une ville, c'est un bout de bois, ils ne sont pas mieux lotis.

— Bagdad c'est pas mieux, il y a du sable dans les éviers.

— Bagdad ? Y a pas d'éviers.

Le lion perd pas ses cheveux, non non, pas le lion !

Un oiseau bleu, comme une voiture bleue.
— Un perroquet.
— Une Volvo break.

Le porc-épic, tu t'assois dessus, heu, tu t'en souviens.

Le lapin vit dans le terrier…
— Je sais.

— ... en groupe...

— L'autre, il va une semaine à la campagne, il va nous casser les couilles pendant un an !

Exporter du cacao, c'est pas du boulot.

J'ai laissé mes lumières...
— Résultat, plus de batterie.
— De quoi je me mêle ?
— Ah pardon.
— Il me mange les histoires sur le dos ce con !
— Bon, ça va excuse.
— T'as qu'à avoir tes ennuis !
— Ça va, ça va...
— Il vit sur les ennuis des autres celui-là !

Ils ont supprimé les frontières cette nuit.

— Si ils en veulent plus des frontières, moi je les prends pour mon jardin.

Les gens bien, ils boivent pas dix litres, ils boivent un petit coup et ils vont au théâtre...

Ça va ?
— La routine...
— Et la routine, ça va ?
— La routine elle va bien.

Tout est de la routine, mis à part l'anniversaire de la libération de Paris.

— Et l'anniversaire de l'occupation de Paris, mais on ne le fête plus, à mon âge...

La routine, on se plaint, mais en même temps, ça occupe.

L'erreur à éviter, c'est entre le sucre et le sel.

Le tigron, mélange tigre et lion.
— La tangerine aussi mélange orange et mandarine.
— C'est pas pareil.
— Si, puisque au résultat, c'est la même chose.

T'es très intelligent, tu crois que t'es con, c'est bien, mais t'es très con, tu crois que t'es intelligent, c'est dangereux : dans certains cas, croire qu'on est con est une qualité.

Les légumes inventés en laboratoire refusent de manger de la terre après.

Je n'achète plus de ce jambon-là depuis que j'ai vu à la télé que c'était le jambon préféré de la chanteuse Lio.
— Ah ?
— Lio.
— Ah ?

— C'est son jambon.

— Ah ?

— J'en achète plus.

— Ah ?

— C'est une chanteuse qui aura fait beaucoup de mal à ce jambon.

— Ah ?


Entre le QI et l'intelligence, excuse, mais y a un pas !


Faut être con pour calculer son QI.


Moi, je veux pas le savoir.


De la faune, de la flore, tu as les deux dans le bifteck-salade.


Vous avez changé vos lunettes ?

— Les autres voyaient plus.


Des lunettes de soleil, un an sans voir le Soleil, vous pouvez les jeter.


Ça va de main en main, tout le monde les touche, les pièces de monnaie, c'est plein de microbes.

— Les pièces de combien ?


J'ai un naturel curieux, tout m'intéresse, ne laisse pas traîner un joli timbre devant moi !

La mort subite du nourrisson, en fait, c'est le nourrisson qui fait subitement demi-tour.

Tu sais combien ça coûte un sondage ?

— …

— Des milliards !

— … !

— Et c'est bidon.

— …

— Tous les milliards des sondages, ils nous les donnent et on va répondre ce qu'ils veulent, qu'est-ce qu'on s'en fout nous.

— …

— Avec les sous des questions, ils auraient déjà un début de réponse.

— …

— Non ?

— …

— Où est-ce que vous partez en vacances ? Ça te paye déjà le voyage… non ?

— Si.

— Alors ?

— Quoi ?

— Qu'on nous paye comme ceux qui testent les médicaments !

Beaucoup de gens parlent sans réfléchir, mais attention, je me mets dedans !

Tant qu'on a pas de guerre dans les journaux régionaux, c'est qu'on est en paix.

Mon fils, dès qu'il a su parler, il a refusé les suppositoires.

Vous me ferez pas marcher cinq heures à pied même si c'est pour partir à l'aventure.

Faut dire des conneries aux journalistes comme ça, après, tu lis tes conneries dans les journaux.

Dans les dialogues des films américains on a pas le droit de traiter les femmes de connasses et moi il me traite de connasse !

… vaut mieux des grands livres en papier que des grandes bibliothèques en verre…

Je connais une recette, il faut fumer une cigarette avec l'artichaut.

Je suis allé en Afrique, partout ça sent le mazout.

Lisez *La Nausée*, vous m'en direz des nouvelles.

J'avais honte, mais honte, mais honte, mais honte, mais honte, mais honte, pendant tout le temps que le train passait, j'avais honte, mais honte, mais honte, mais honte, honte...

— Dites donc, il est long votre train.

— Il montrait ses fesses au passage à niveau, honte, honte, honte, et le train s'est éloigné, il a rangé les fesses, honte, honte...

— Honte.

— Oui.


... une fois...

— Une fois quand ?

— Attendez ! Holà ! Attendez !


... une fois, des fois, trois fois, après tout se mélange...


Quand l'avion passe au-dessus d'un pays, les passagers doivent respecter les lois du pays d'en dessous.

— Pas du tout, ils ont les lois de l'avion.

— Les avions sont pas au-dessus des lois.

— Au contraire, ils ont les lois d'en dessous.

— Mais non, mais non, et au-dessus des mers ?

— C'est les lois maritimes.

— Les lois maritimes dans les avions ? Alors dans ce cas le capitaine coule avec son avion.


... de la salade, de la salade...

— Bof, les vaches mangent que de l'herbe et ça les fait pas maigrir.

… grosses comme des vaches !

Plus il fait beau, plus son pastis est foncé, il nous fait l'apéro Varilux celui-là…

L'alcoolisme, c'est dans la tête.

Ça dessaoule de conduire.

C'est pas moi qui ai volé les fleurs, j'ai la tête haute, dans les petits bleds c'est comme ça, au café tout va bien et par-derrière ça te met, c'est pas moi qui ai été renvoyé des renseignements du téléphone comme d'autres à l'époque, j'ai la tête haute et des fleurs j'en ai devant ma porte, j'ai pas besoin des fleurs des autres, on a la tête haute moi et mes fleurs !…

On ne frappe plus à la porte depuis longtemps.
— Depuis la sonnette.
— Depuis la sonnette, je suis sûre que j'ai pris du poids.
— On prend l'ascenseur pour aller sonner maintenant.

— Autant que ce soit l'autre qui descende alors…

— Autant.

J'ai pas fermé l'œil, toute la nuit j'ai vu danser mon bouchon.

— Ça fait ça le premier jour de pêche.

Tous les petits ont des prédateurs, à commencer par l'homme avec ses parents.

J'ai dix à chaque oreille.

— Dix, c'est pour les yeux.

— Si vous voulez… alors j'ai un œil à chaque oreille.

Quand on perd ses cheveux, on est tellement malheureux qu'on serait prêt à accepter la mauvaise herbe.

Un cadre au chômage est devenu un ouvrier, quasiment.

À cent vingt kilomètres de Paris, j'ai déjà une grenouille.

— La vie revient vite.

… t'envoies du boudin en Bosnie, ils en refont du sang…

On a traversé un pré où il y avait des vaches, eh bien, je préfère encore traverser la cité, on peut leur parler aux jeunes, mais les vaches...

C'est Juppé ça ?
— Oui, c'est quand il a été jeune.
— Il a été jeune celui-là ?
— Hé ! t'as qu'à faire revenir la télé en arrière, tu verras.

Ne fais pas à autrui ce que tu n'aimerais pas qu'on te fasse.
— Torcher un vieux.

🍷

T'as été chômeur ? Non, alors viens pas parler chômage à un chômeur qui s'y connaît plus que toi en chômage, petit gars !

Pourquoi vous êtes énervée comme ça ?
— C'est mon nerf.
— Tant qu'on n'en a qu'un...
— Mais non, c'est pas ce que je veux dire, c'est ma jambe.
— C'est votre nerf ou c'est votre jambe ?
— Les deux.
— Un nerf dans la jambe, je comprends que ça énerve.

Ils lâchent les taureaux dans les rues, alors après, pour trouver un taxi.

Tous les jours il part au travail et jamais on le voit au boulot, c'est le mystère là...
— Il doit tomber dans le triangle des bistrots.

Certificat d'études, ça parle d'études, baccalauréat, ça parle de lauréat, lauréat de quoi, alors on se demande !

Après la traversée du désert, il ne faut pas boire tout de suite, il faut se mouiller sous les bras juste pour se réhumecter tout doucement.
— Comme les champignons chinois... mais si, les champignons chinois.

Il siffle dans la rue piétonnière et il demande de l'argent.
— Vous donnez vous ?
— Ah, il siffle bien.
— Vous donnez vous ?
— Comme un oiseau.
— Vous donnez comme un oiseau, ça ne m'étonne pas.
— Il siffle bien, comme un oiseau.
— Moi je donne pas aux oiseaux.
— Moi je donne du pain.
— Et à lui, vous donnez ?
— Une pièce de temps en temps...

— Vous feriez mieux de lui donner du pain à lui aussi et garder vos sous pour les choses importantes.

— Je l'aime bien.

— C'est ça, engraissez-le, un jour, il viendra chier sur vos fenêtres.

Baudelaire, tout Baudelaire qu'il était, il avait sa bagnole.

Napoléon, qu'il aille se faire enculer avant de faire sa morale.

— … ?

Rien qu'avec l'eau des chasses d'eau de Paris, tu peux irriguer toute l'Afrique.

L'Indonésie, c'est bien, mais prends pas le car.

Chaque fois pareil, il monte sur le toit, il pisse.

— C'est la sangria.

Au bistrot, je préfère les rugbymen, mais à la télé je préfère le tennis.

Il dessine des objets.

— Adjani ?

— Mais non, il a même fait des nouilles une fois, il est gros.

— Adjani ?

— De quoi il me parle d'Adjani, lui ! Elle dessine pas des nouilles en plus.

L'eau de toilette pour homme, ça a bon goût.

N'importe comment, au final, tout le monde parlera anglais et moi je m'en fous dans ce cas je me tais… si… je me tais… si tu veux entendre de l'anglais c'est pas la bonne adresse, tu changes de crémerie, yes, no, c'est en face.

Tu parles qu'avec des connards et après tu te plains.

— Je me suis pas plaint.

… ça laisse aucun mec indifférent… même Mitterrand, tu le traites plein de fois de pédé, ça finit par l'énerver.

Il s'est fait péter ses lunettes.

— Putain, moi je serais ses lunettes, je démissionne.

Les langues étrangères, le jour où y en aura qu'une, on sera tous français, ou alors on s'est fait baiser.

Faut que je rentre, j'ai un castor qui bouffe mes fils.

Une fois j'ai avalé un moustique en faisant du vélo, ça m'a suffi.
— Moi du vélo j'en fais jamais, je suis pas insectivore, moi.

… c'est la picole qui fait ça, il a le même nez que les rouges-gorges.

Le Discobole, il a un slip en pierre, mais sur la statue, il l'a pas mis… t'as vu le temps en Grèce…

Je m'intéresse qu'à l'imaginaire, le reste, je le sais.

La parade amoureuse, on picore, mais pour la danse nuptiale on mange beaucoup.
— T'es marié toi ?
— Oui, c'est pour ça que je dis ça, je connais.

Le jour se lève, je me couche, le jour se couche, je me lève, le jour travaille pas de nuit, je travaille pas de jour…

La première chose à faire pour jouer du piano, c'est soulever le couvercle.

Un orchestre de cent violons, c'est toute la SPA qui y passe en boyaux de chats.

La musique, ça peut faire pleurer si c'est bien joué.
— Jamais j'ai entendu de la musique bien jouée, jamais !

Chaque fois que je vote pour un gars, c'est l'autre qui gagne, et au Loto c'est pareil.

Depuis quinze ans, plus on vote et moins y a de boulot, on dirait que le boulot se barre dans l'urne comme l'eau par le trou du lavabo, ah si, c'est à croire ça…

Quand on habite Rueil, on parle pas de la Bosnie !
— … ?

Donnez-moi un point d'appui et je soulève le monde.
— Donnez-moi un point d'appui et je me lève le matin.
— …

Le plus gros cul c'est pas le vacancier, c'est l'estivant.

Les Suisses sont très propres, et ce n'est pas moi qui le dis, ce sont les scientifiques.

⚜

Dans les petits villages de montagne, les gens sont grands pour aller chercher la lumière.

Si je mets pas d'engrais dans mes rosiers ils se laissent mourir, ils sont tout blancs comme si je supprime le RMI.

Même la nature est assistée de nos jours.

En Corse, ils font voter les morts.
— Un mort, c'est réac.

Le cheval de course qui gagne l'Arc de triomphe, on lui donne un croûton de pain ou une carotte, tu parles d'un vol !

Le rosier, ce qu'il aime, c'est le crottin de cheval.
— On dirait pas.

Dans le mot connerie, y a le mot con, connerie c'est un mot genre fruit à noyau.

Ça serait culotté que Mitterrand se présente aux municipales.

Les soirées inoubliables, je me fais toujours chier.

Je me souviens des petites choses mais tout ce qui est inoubliable je ne m'en souviens plus, j'ai la mémoire, c'est du gravier.

Il connaît plein de choses mais on comprend rien à ce qu'il dit, c'est un dictionnaire à l'envers.

Regarde-le ce con qui téléphone dans la rue, regarde-le, alors c'est ça la mode maintenant, téléphoner dans la rue, entre les bagnoles, c'est là qu'on fait chier les chiens, avant fallait aller à la cabine publique, après le téléphone c'était à la maison sur le buffet, maintenant c'est à la main dans la rue, bientôt ils vont se le faire greffer sur la gueule leur téléphone ces cons-là, à la place des joues, comme ça pour se faire la bise faudra se téléphoner… c'est ce qu'ils font d'ailleurs…

C'est pour tous ces cons qui téléphonent qu'on envoie des satellites.
— Tu téléphones jamais toi peut-être ?
— Jamais, je veux pas être responsable des satellites.

Bling, c'est pas un bruit, c'est considéré comme une connerie que quelqu'un a faite dans la cuisine.

Tu rebois ?

— J'ai jamais arrêté.

— … ?

— … ?

— Je confonds.

— Sans doute, moi j'ai jamais arrêté.

— … ?

— Je te mentirais pas là-dessus.

— Je sais… ça me reviendra…

— … pendant la nuit, ça revient.

Philippe Gildas, c'est un peu le Jean Amadou de Canal +…

Pour maigrir, il faut manger des légumes mais pas des patates, les patates c'est pas des légumes, c'est des nouilles.

J'aime pas les montres où y a pas d'aiguilles.

— C'est vieux les aiguilles.

— Moi j'aime bien les aiguilles.

— Là c'est affiché, vous avez l'heure marquée.

— Oui, je connais mais j'aime pas.

— On lit tout de suite l'heure.

— Moi j'aime bien les aiguilles, la grande, la moyenne, la rapide.

— Vous aimez chercher l'heure dans une botte de foin, vous.

L'heure au soleil, y a pas d'aiguilles.
— Sauf si vous regardez le Soleil à travers un sapin.

… Réponse à tout…

… c'est un petit singe, elle grimpe partout, elle va partout, c'est une petite fille très vivante…
— On sent que vous l'aimez.

Il a une ruche dans son jardin, ses abeilles viennent manger mes fleurs, croyez-vous qu'il m'offrirait un pot de miel de temps en temps ? Croyez-vous ? Non… un jour moi ses abeilles, je les encule.

La journée des pédés, fais-moi marrer, je me branle trois fois par jour et y a pas une journée pour ça !

J'aime bien les pharmaciennes, j'ai le cœur à gauche mais la bite à droite.

Tu es propriétaire de ton corps mais avec le sida, tu passes locataire.

Vous sortez dehors sous le Soleil avec ce soleil ?

— J'ai mon chapeau.

— Et le cancer ?

— Du chapeau ?

En Bavière, les gros cons que c'est, encore pires que nous !

Le gars qui meurt de faim, il cherche de la bouffe partout, rien, si les autres le mangent, c'est lui la bouffe, il y a pas pensé, il cherchait de la bouffe partout, pas là, alors que la bouffe pour le coup, elle était grosse comme le nez au milieu du visage.

Dans certains pays en guerre, suffirait de crier « À table ! », tu sauves des milliers de vies.

Pour quelqu'un qui meurt de faim, on dit jamais le prénom, j'ai jamais entendu Marcel est mort de faim, je dis Marcel parce que je ne connais pas les prénoms des gens qui meurent de faim, alors je dis Marcel, on y croit pas tellement mais c'est ça ou dire un prénom arabe pour un Noir et c'est pas mieux, pour savoir les prénoms de tous ces gens du Rwanda ou d'ailleurs, il faut se lever de bonne heure, et en plus cherchez la mairie sur Minitel, essayez, vous comprendrez ce que je veux dire, vous comprendrez, oui vous comprendrez...

Le cheval est d'une grande beauté.
— De quoi je me mêle !

Pour la mer Caspienne, il dit la mer casse-pieds.
— Vous avez de la chance d'avoir un chef qui rigole.
— Holà oui, mais attention, dans le travail ça ne rigole pas ! On rigole et la main part dans la presse !
— C'est comme ça qu'on voit ceux qui rigolent chez vous, ils ont pas de mains.

Toute cette chaleur d'un coup, c'est pas humain.
— On comprend qu'en Afrique, personne travaille.

La mode est au transparent.
— Franchement, vous avez un bouton aux fesses, tout le quartier est au courant, ce sont des modes que je ne comprends pas, mais pas du tout alors...

♇

Trouve-moi un seul mec intelligent qui parle bien bagnoles !
— ...

— Un seul !

L'intelligence, tu peux parler de quelques sujets, la connerie, tu en as mille fois plus, et je ne défends pas la connerie quand je dis ça, je constate, c'est tout.

… La connerie a pas besoin d'avocat.

Si j'allume tous les phares de ma bagnole, on me voit de la Lune.

Je vous jure que ça fait peur, tout ce désert sans personne à part nous, c'est vraiment un anniversaire où personne est venu… comme angoisse.

Le désert, c'est propre.

Des villes partout et tout d'un coup, plus une seule ville, le car s'arrête, vous êtes à la limite du désert, et vous en avez, vous en avez, la dernière ville finalement, c'est dans le car.

En vacances, on dit toujours les mêmes choses, du style, combien il y a de milliards de grains de sable sur la plage, et à la rentrée on s'en fout, ça c'est la question typique de vacances.

La saison des abricots va passer et je n'aurai pas mangé un seul bon abricot.

— Mais non, mais non, il ne faut pas dire ça.

Composer de la musique, t'es ton propre chef.

La chauve-souris pendue au plafond, elle chie au lit, tu lui retrouves de la merde derrière les oreilles.

Je me couche de bonne heure comme Proust en ce moment.
— C'est la chaleur.

… les poules aussi elles se couchent comme Proust.

Le pinceau de Picasso qui est mort, attends, tu le vends des millions, attends, mais merde, il est mort, le pinceau aussi merde, le mec qui est star dans le porno, il est mort, la bite elle vaut rien, non mais attends, non ? Tu vas pas acheter une vieille bite sous prétexte que c'est la bite d'un quelqu'un qui a été star dans le porno, non mais attends, tu l'achètes toi la vieille bite, tu l'achètes cent patates la vieille bite ? Rien du tout oui, cadeau la bite tu la prends pas, alors le pinceau à l'autre là, Picasso, tout Picasso qu'il est, et moi en plus j'aime bien ce qu'il fait, mais son pinceau il se le met dans le cul, quand l'homme est mort, tout disparaît, c'est mon idée, et voilà c'est mon idée, la mienne, à moi.

Les bouteilles consignées, pour moi, c'était aussi important que le collier de mon chien, pour dire où j'en étais...

Deux taupinières dans le pré, deux, à ça l'une de l'autre, comme deux nichons qui auraient plus d'herbe...

Y boit, y pisse, c'est pas une bite qu'il a, c'est un décapsuleur.

Attention ! Le Soleil est traître.
— Ne vous inquiétez pas, je ne lui tourne pas le dos.

On passe pour des cons avec notre nucléaire alors que c'est pas fait pour ça.

La politique, je n'y comprends rien, mais le président de la France non plus...

Tu te rends compte ? En six semaines, Chirac a réussi à ce que les autres pays achètent plus notre pinard, c'est quand même l'exploit, non ?

Chirac, il a une tronche à mettre des pantoufles...

Chirac, faut lui donner un tabac à gérer, pas plus.

Chirac, c'est un débile, il est tellement con, j'aurais pas peur de lui dire en face, pour dire comme il m'impressionne.

🍷

Je n'aime pas la foule, j'ai toujours peur de mourir écrasée ou pire de marcher sur le pied de quelqu'un…

Chirac, il a fait le défilé en voiture, il a pas les jambes de de Gaulle non plus…

Pour la Patrouille de France, il faut des pilotes qui s'entendent bien…
— Un avion qui part à droite, un avion qui part à gauche, vous appelez ça des pilotes qui s'entendent bien vous ?
— … ?

La fête nationale et la fête des Pères, c'est les deux fêtes inventées par le gouvernement de Vichy, si, si, si monsieur, par le maréchal Pétain, si, si, exactement, si, lis ton histoire de France avant de contredire, si, si, lis-la, après tu reviens me parler, si, jusque-là tu te tais, au début même c'était la même fête, avec un défilé de mères en plus…

Au début du défilé, j'avais une boîte de macédoine de légumes sur la table de la cuisine, à la fin du défilé, elle y était plus.

— …
— Plus de boîte !
— …
— J'ai pas bougé de la télé, plus de boîte.
— …
— C'est un 14 Juillet qui va me rester gravé là celui-là !
— C'est *Le mystère de la chambre jaune*.
— Mais non, elle était dans la cuisine.

À part la Légion, tout le reste du défilé, c'est des majorettes.

… tous ces chars qui passent, ça fait vibrer les appareils dentaires…

Dans la Garde républicaine, chacun est sur un cheval alors que chez les gendarmes, ils sont des fois vingt sur une moto, eh bien je préfère encore la Garde à regarder.
— Moi j'aime tout.

… moi j'aime pas les défilés obligatoires, j'ai envie de défiler, je défile, j'attends pas le quatorze !

J'aime pas l'armée.

— C'est pas de l'armée, c'est du défilé.


C'est notre pognon qui défile !


À la Légion, sur les gaufrettes du quatre heures, c'est marqué « marche ou crève ».

— Où qu'y va lui !


En haut de l'Arc de triomphe, je mettrais des géraniums mais des géraniums, j'en mettrais partout moi…


On a une belle armée.

— Défiler sur les Champs-Élysées, ça prouve rien.

— Ah je m'excuse !

— Défiler dans un champ de mines, là ça prouve.


Je lui achète un gros livre de guerre, il le lit pendant les vacances, et si il le finit pas dans le mois, tant pis, il le finit pas, toutes les pages après les vacances, ça l'intéresse plus.

— Nous, on part deux fois quinze jours.


Défiler sur les Champs-Élysées, c'était plus facile que défiler en Bosnie.

La sirène des pompiers, deux fois ce matin.

— Aux pompiers, on leur doit une fière chandelle.

Le ciel bleu, mais bleu… comme le petit tube de bleu dans les boîtes pour les gosses…

L'Alcootest, quel fléau, mais quel fléau…

… une canicule à assommer une mouche…

La chaleur, ça ralentit la rotation de la terre.

Les Américains, dès que la chaleur monte, ils meurent.

— Normal, ils sont gros, blancs, ça fait comme pour les microbes du lait.

Quarante degrés à Chicago… trente-neuf degrés à New York.

— Un degré de moins.

— … ?

— Un degré de moins à New York.

— …

— C'est un Italien qui s'évente.

Quelle chaleur… j'ai les dessous de bras en Everglades…

Monet, celui des nénuphars, maintenant c'est sans doute une grenouille, tout est logique dans la réincarnation.

— Oui, c'est ce qu'on dit...

Quand on est moche, on se baigne pas !

Personne peut rien contre Indurain.

— Moi je prends ma bagnole.

C'est le vélo le sport le plus dur, il faut un mental d'acier, les gars arrivent à grimper des côtes comme ça sans lâcher, les gars serrent les dents, on voit qu'ils souffrent, et ça grimpe !

— Remarque, de l'autre côté, ça descend... sans dire du mal...

Indurain, Zulle, Jalabert, Riis, Pantani, Rominger, Virenque, c'est là-dedans que faut chercher les trois premiers à Paris.

— On verra bien.

— Un pronostic ?

— On verra bien, je suis pas chercheur cycliste.

Les étoiles qui sont au-dessus de la France devraient appartenir à la France.

… des thèmes de ballet, vous en avez pas trente-six…

Un génocide à deux heures d'avion d'ici, personne fait rien…
— Le Vel d'Hiv, c'est à dix minutes.

Houlàlàlàlàlàlà, c'est quoi cette photo avec du sang ?
— C'est un coureur du Tour de France qui est tombé.
— Je croyais que c'était encore une image de guerre, qu'est-ce qu'on en voit des images de guerre !
— Mais non, c'est du sport.

Aucun ordinateur sait garder des vaches !
— Pour l'instant…
— C'est pas l'ordinateur qui va grimper dans les prés !
— Pour l'instant.
— C'est Fantômas ton ordinateur…

… du Tigron, c'est un vin pour les pauvres…
— Pouah ! Rien que le nom.
— Et alors ? Il faut bien qu'ils en boivent du vin, eux aussi, les pauvres !

☙

Pour un cannibale, un top model n'a pas de goût.

… on a vu un concert dans une église, un piano dans un sens et un autre piano dans l'autre sens, comme deux chiens collés…

… dans le cimetière, c'est frais, y a de l'ombre, ils ont les plus beaux arbres ces enculés de morts…

Au Moyen Âge ils dressaient les ours qui dansaient devant le roi, mais aujourd'hui pour approcher un ours…

Vous lui donnez ça de liberté, il en veut ça !
— Les jeunes, il faudrait les envoyer en stage dans les pays africains.

J'aime la pendule à coucou parce que pour une fois, on nous a fait un objet vivant…

C'est les ordinateurs maintenant qui ont des mémoires d'éléphant, c'est plus nous…

J'ai ma vigne vierge coincée dans la gouttière.
— Pas si vierge que ça !
— … ?

Il est malade et il boit quand même son apéritif.
— C'est une leçon de vie au quotidien.

C'est une carte postale qu'il m'a envoyée depuis le soleil, d'ailleurs regardez, il y a un doigt de sueur sur l'adresse.

— Le mien, en vacances, il écrit jamais, c'est pas lui qui m'enverra des doigts de sueur.

Depuis qu'elle a signé le papier des dons d'organes, elle est toute coquette, elle fait attention à ce qu'elle mange, comme si c'était déjà plus à elle...

— Je sais, quand elle donne de la salade, elle vous la donne lavée, elle est comme ça.

— Et même pour elle !

— Même pour elle.

Les avions à réaction de l'ONU, ça fait pas beaucoup de réactions.

☕

Marie Curie sur les billets, c'est bien, c'est un hommage aux vaccins...

On a perdu l'Algérie, on peut perdre la Bosnie.

Ils l'ont enterré le jeune cycliste ?

— Ce matin.

— Ils lui ont greffé son cœur ?

— ...

— Ils lui ont pas pris son cœur ? Je parle pas français ? Je dis s'ils l'ont enterré avec son cœur ?

— …

— Ça fait plaisir pour ceux qui attendent un cœur !

— Je sais pas.

— Ils l'ont enterré ce matin ?

— Oui.

— Alors ils l'ont enterré avec son cœur.

— Y avait mille personnes à l'enterrement.

— C'est bien… un beau cœur de beau sportif comme ça… aux asticots ! C'est bien… les asticots feront du vélo… c'est bien…


Un cœur comme celui-là, c'est la Roll's des cœurs…


C'est pas avec ton cul que tu donneras ton cœur, il faut signer un papier.

— C'est pas la famille qui fait ça ?

— La famille, quand t'es mort, elle veut que tu pourrisses tout de ton entier.

— Ils te font manger quand tu donnes ton cœur ?

— Mais non ! C'est quand tu donnes ton sang.

— Ha bon…

— Y pense qu'à bouffer celui-là… c'est pas un don d'estomac que tu fais !

Tu donnes ton cœur, et après les étudiants en médecine font les cons avec ta bite.

♉

Le mieux, c'est le *Guide Michelin*.
— Moi je fais pas confiance à un pneu pour la bonne bouffe.

Y a que ceux qui font rien qui cassent rien !

Le plus dur, c'est de vendre des livres aux intellectuels, parce que pour les autres, ça va par centaines de mille !

Tu parles d'une journée de vacances, j'ai pas posé le cul sur une chaise cinq minutes depuis ce matin, j'ai mangé debout, j'ai même pas regardé les infos à midi, si ça continue, je vais la haïr cette tondeuse !

Elle repasse les drapeaux qu'on met sur les cercueils des soldats qui sont morts.
— Le drapeau, ça se repasse comme du drap.

La Terre se réchauffe.
— Mais non, c'est l'air qui est chaud.
— La Terre se réchauffe je vous dis !
— C'est un temps à salade de fruits.

Il s'est endormi dans son assiette.

— C'est moins dangereux qu'au volant.

... et puis ?
— Des grands oiseaux.
— Et puis ?
— Des hippopotames.
— Et puis ?
— Des canards.
— Oui, mais et puis ?
— Des renards.
— Et puis ?
— ...
— Et puis.
— ...
— Des lions ! Faut vraiment lui tirer les vers du nez pour qu'elle raconte cette gamine.

De ce temps, les truites elles souffrent, je les vois dans les bassins, elles me regardent comme si j'étais le Messie, qu'est-ce que j'y peux moi, je vais pas manger le Soleil pour sauver mes poissons...

Plus il fait chaud, plus les vers vont profond dans la terre pour rechercher la fraîcheur.
— Le haut, le bas, le ver sait pas.
— Ah si, le ver sait !

— Il descend sans savoir, c'est l'instinct, mais le haut, le bas, pour lui, ça n'existe pas.

— Le ver sait autant le haut le bas que n'importe qui…

— Il descend sans savoir, il est attiré par une force plus forte que lui.

— Une force plus forte que le ver, je voudrais bien la voir sur une balance !

— La fraîcheur l'attire, comme vous, tenez…

— Moi j'ai pas besoin de descendre, j'habite au rez-de-chaussée.


C'est important une bonne secrétaire, c'est une troisième jambe.

— Faut pas trop qu'elle se maquille.


C'est pas la peine de dépenser des sous en voyages, pour lui les meilleures vacances, c'est une couille qui dépasse du short.


Un mec tout le temps bourré qui boit du déca, je comprends pas.


Une chaleur pareille, ça tape sur la tête.

— Mettez un chapeau.

— Je suis pas fou à ce point-là !

— Tout le monde que je vois depuis ce matin est ramolli.

— C'est le musée Grévin qui est descendu au camping.

— Mettez un chapeau.

La danse classique, pour moi c'est pas de la danse.

Ce sont des femmes qui louent leur ventre…
— Moi quand j'étais dans ma mère, j'ai rien payé.

Aujourd'hui, tout le monde écrit des livres, et pourtant, on en lit pas.
— C'est plus fait pour ça.

À l'aller, je me suis fait piquer par un moustique, au retour, je vais passer par le même chemin pour l'engueuler.

Y a le feu au Soleil !

Tu dis le texte à haute voix, l'ordinateur le copie sur l'écran, tu le poses au milieu du repas de mariage, t'as la disquette du mariage.

Dans la merde des amoureux qui ont bien mangé, on retrouve quelques mots doux.

Il chante à la télé mais il y est pas, pendant qu'il chante, il est en train de manger des huîtres au bord de la mer, c'est la magie du pas direct.

La bombe, c'est triste, la fausse alerte, c'est énervant.

— C'est physique et l'autre c'est psychologique.

— Comme le mal de dents.

— Pire !

— À toutes les dents.

Chirac, c'est une sorte de de Gaulle en plastique.

Ils taxent l'alcool, sachant pertinemment que c'est avec ça que les pauvres accompagnent leur nourriture !

Ça va s'envenimer et ça finira qu'on aura une guerre mondiale à deux heures de Paris, vous verrez.

— Parlez pas de malheur !

Le comptoir, c'est l'horizontale parfaite, dans une ville c'est la référence pour tous les maçons.

Moi, la semaine prochaine, je vais à l'enterrement d'un copain.

— Ben, comment tu le sais déjà ?

Je serais la poussière, putain, j'irais pas sous les meubles, j'irais dessus !

— Évidemment, t'es savoyard.

— Même…


Y a du touriste cette année ?

— Vous êtes le seul, alors il va falloir boire.


Il y a plein d'homosexuels chez les canards.

— Et vous les mangez ?

— Bien sûr !


Qu'est-ce que j'ai mal aux dents…

— Faut faire comme Raspoutine, guérir le mal par le mal.

— … ?


Depuis que j'ai perdu une bague dans l'herbe, moi, la campagne, plus j'entends les tondeuses, plus j'ai de l'espoir.


Papin, il a les pieds carrés.


Hiroshima, soixante ans après, tout est reconstruit, on pourrait presque remettre une bombe si on voulait.


Ils ont fait la bombe de la taille d'Elvis Presley, mais il était pas encore gros comme à la fin de ses jours.

— À la fin, il mangeait que des gâteaux et des bonbons.

Ils ont six doigts aux mains, de père en fils, c'est une maladie qui se transmet, de père en fils, quand ça travaille pas bien à l'école, ça donne des claques à six doigts, et y en a d'autres qui naissent sans les bras, de père en fils, c'est une maladie qui se transmet, alors là c'est le pied au cul, si vous avez les deux maladies dans la même classe de cancres, ça fait des punitions qui changent un peu de l'habitude…

Cent quarante mille morts en dix secondes…
— Comme quoi… on est pas tous logés à la même enseigne.

Hiroshima, Nagasaki, c'est plus de la science que de la guerre au fond…

Les gens près de l'explosion ont fondu.
— C'est mieux que d'être paralysé.

♟

Je prends jamais l'avion, déjà qu'on sait pas comment ça vole, je vais pas rajouter du poids !

L'avion, c'est plus lourd que l'air et ça vole, on va pas demander l'autorisation à l'air pour voler, non mais et puis quoi encore !

Sur toutes les couvertures des journaux t'as une tête qui rit, on voit bien qu'ils se foutent de notre gueule, quand on passe devant le kiosque, toutes ces dents, toutes ces dents, toutes ces dents !

Il parle tout le temps en mâchant du chewing-gum, on dirait qu'il grave un disque.

Chirac il est bête, dans le sens où il croit qu'on est des cons.
— Mitterrand, il croyait qu'on était intelligents.
— C'est pas mieux.

Traverser tout le camping pour aller aux toilettes, ça fait un peu Sarajevo.

Une femme, elle boit un verre, elle est tout de suite saoule, en principe, elle est pas faite pour ça.
— C'est pas la même morphologie.
— Une morphologie qui boit beaucoup, c'est le postier.

Les Grecs faisaient de la philosophie dans la rue mais ils avaient le beau temps.

C'est pas grave de dire des conneries si personne écoute.
— ...
— ...

— ...

Marcassin, petite boîte, sanglier, grosse boîte.

Un sanglier blessé, il est pas pire que si tu rayes ma bagnole.

Le cerveau humain fait mille quatre cents centimètres cubes.
— Moi je préfère la moto.

Le bordel qu'on foutait à vingt ans, la musique à fond toute la nuit, aujourd'hui, je m'enverrais les flics.

La radio, c'est surtout bien pour les aveugles.

Ah, moi, je n'aime pas la musique trop fort, ça n'est pas très normal d'écouter la musique trop fort, est-ce que les images sortent de la télé quand on appuie à fond sur le bouton, non, la musique trop fort, c'est de la musique qui sort, il faut que la musique reste à l'intérieur de la musique, c'est pas fait pour aller repeindre les cabinets, non ?

Si je suis enlevé par un extraterrestre, moi je veux conduire.
— C'est ça, c'est ça...

Moi je vais l'acheter cette vidéo, on voit l'autopsie d'une extraterrestre.

— Tes cassettes pornos, ça te suffit plus, y te faut des autopsies d'extraterrestres toi maintenant ?

Les vedettes se marient entre elles, c'est pour ça que ça fait des enfants anormaux.

Le Rwanda, la Bosnie, tout ça c'est de la télé.

Le démineur, faut pas qu'il ait peur, faut pas qu'il tremble, faut y aller tout doux…

— Tu te fais enculer par un démineur, tu sens rien.

Le monde est trop petit pour tous ceux qu'on est, même si on met les rallonges à toutes les tables, il est trop petit.

Y a que pour les mariages que les gens s'habillent bien alors que pour les mariages, franchement, c'est pas la peine…

On vend des armes à tout le monde, alors pourquoi tout le monde nous vendrait pas de la drogue ?

Le légume dirait, je préfère qu'on me fasse cuire plutôt que rester dans un lit d'hôpital comme les vieux qu'on appelle les légumes, si on me demandait à moi, si j'étais un légume, oui, je sais, ça fait beaucoup de si...

Les oiseaux migrateurs nous apprennent quasiment rien, alors que baguer des microbes...

Josette Poux, la marchande de lunettes, à côté de sa boutique, c'est une boutique de chaussures, et tu sais le nom de la boutique de chaussures ? Un dimanche à Venise. C'est quand même mieux, non ? Moi je serais Josette Poux, je mettrais pas mon nom sur la boutique, surtout à côté du Dimanche à Venise ! Je mettrais Samedi à Venise pour faire chier l'autre...

Je préfère encore une mère moche qui rentre qu'un père beau qui est pas là.

Vous allez à un mariage ?
— Oui, avec les gamins, et après on fait des photos aux Buttes-Chaumont.
— C'est joli les Buttes-Chaumont.
— On est debout depuis six heures.
— Ah dites...
— Elle est comment l'église dedans ?
— Jamais mis les pieds.

— Après la cérémonie, je repasserai peut-être boire un demi… on est debout depuis six heures.

— Ah dites…

— Laisse ton frère !… pff… faut pas que les gamins y me fassent chier aujourd'hui, le mariage, c'est une grande fête pour un couple.

— C'est vous le marié ?

— Ah non, non, non moi c'est fait y a long-temps… je regrette pas…

— Ils sont à vous les petits ?

— Chaque pétée je lui en mets un !

— … ?

— … recta.

— … ?

— On est debout depuis six heures… le premier qui se tache avec son chocolat ! Elle est comment l'église dedans ?

— Jamais rentré dedans.

— Parce que si je me fais chier, hop, je reviens ici.

— C'est joli la robe.

— Je vous dois combien… trois chocolats… deux demis… trois, excuse, trois… on est debout depuis six heures.

— Ah dites, ça fait tôt…

— Un demi.

— Un autre ?

— Le der, et après, en avant mauvaise troupe !

— Le même ?

— Ordinaire… regardez-moi comme elle a déjà ses petits nichons…

— …

— Viens ici ! Mais viens… viens… viens… mais viens… viens… elle a peur de moi… viens…

— …

— Quelle andouille…

— Ça va être un beau mariage, dites donc.

— Ah oui !

Je portais un carton dans la rue et un mec m'arrive en face avec un carton dans les bras, c'est rare de croiser quelqu'un avec un carton sur le même trottoir que toi quand tu portes toi aussi un carton, enfin bref, je le vois qui arrive de là-bas avec son carton et moi j'arrive dans ce sens-là avec le mien, on commence à se regarder avec nos cartons, mais du coin de l'œil comme ça, avec juste un petit sourire, on osait pas tellement se regarder franchement, on avait l'air con tous les deux avec nos gros cartons, je sais exactement ce que le mec pensait en venant vers moi, je pensais exactement la même chose que lui, on était tellement les mêmes avec nos deux cartons qu'on aurait pu les laisser tomber sur le trottoir et partir boire un coup comme si on se connaissait depuis tout petits, et finalement non on s'est regardés en coin comme ça en se croisant en souriant un petit peu, lui il est parti dans son coin et moi dans le mien, on s'est fait un tout petit signe de la tête comme des routiers qui se croisent sur la route et ça s'est fini comme ça mais la prochaine fois, je pose le carton, ah si, je te le dis, le client, il attendra, tiens...

J'ai avalé une mouche.
— Deux calories.

Les moustiques, pas en France évidemment où ça va bien mais dans d'autres pays où ça va pas ils transportent les maladies, ils vont de l'un à l'autre des gens des villages et les maladies font le tour du pays comme ça, les moustiques ont la maladie dans la trompe, elle va, elle vient, après tout le monde l'a dans une cloque quelque part en se réveillant le matin, tous les moustiques auraient du médicament dans la trompe, ça serait pareil mais mieux, en mettant le médicament dans le moustique qui fait le tour du pays pour piquer tout le monde tu fais vacciner toute la population sans faire bouger un docteur, sans payer personne, tu vas pas payer le moustique, le moustique pique dans le petit pot de médicament et il aspire parce que c'est sucré, le médicament a un goût que le moustique aime bien, à la poire, au miel, à la banane ou à la mangue et l'affaire est dans le sac et il s'en va pour faire son tour des piqûres ni plus ni moins ce que font d'ailleurs les infirmières qui font ça dans nos campagnes pour faire les soins des vieux, du coup en Afrique tout le monde rêve de se faire piquer par les moustiques parce que pour l'instant, en Afrique, c'est pas du tout le cas, les gens s'enduisent, alors que là les gens chanteraient à l'arrivée du moustique, abdouli, abdoula, à quatre pattes les gens, à lui embrasser les pattes pour se faire piquer.

Il y a une pièce de Shakespeare, c'est exactement l'interview de Lady Di.

Toutes les nouvelles speakerines de la télé ont eu des bébés en même temps cette année, elles sont obligées de les avoir pendant les vacances pour pas que ça se voie sinon elles sont virées.

— C'est horrible.
— Comme un élevage.
— Pauvres mômes.
— T'inquiète pas pour elles, les speakerines sont shakespeariennes… des mégères apprivoisées.

Lady Di, tout le monde se la tape.

Les rois, les reines, les princesses, tout ça c'est plus que du bidon, si tu te tapes une reine, t'as intérêt à mettre une capote.

Lady Di, je lui vire tout de suite sa couronne et je lui mets des étoiles au bout des nichons.

Elle bouge tout le temps, tout le temps, tout le temps, elle va chercher les plats dans la cuisine, elle revient, il manque quelque chose, elle repart, on y va pour son anniversaire, on ne la voit pas.
— Il faudrait scier les jambes des mamans pour qu'elles restent à table.
— Ah oui ! ça c'est vrai.

T'as des centaines de tailles de bouteilles, une par personnalité.

Elle baise et quand c'est fini, elle bouffe le mâle en commençant par les pattes.
— Moi je serais le mâle araignée, je garde mes chaussettes pour que l'autre elle s'étouffe.

C'est des familles qui couchent entre elles comme les hamsters.

Les princesses, moi j'en prends une pour taper sur l'autre.

J'aime pas marcher, de toute façon, je n'ai jamais été manuel.

Il va comment ?
— Il est actuellement décédé.

Il y a certains nuages qui ne pleuvent jamais, ils ne servent que pour la vue.

Deux heures par nuit, comme Napoléon, et le matin je me réveille, je suis crevé.
— Comme Napoléon.
— Moins, quand même.

Il regarde la télé.
— Il est con ton chien.

Je le bats, il s'en va, je l'appelle pour manger, il revient, il a l'honneur rétractile ce chat.

… tout ça c'est des frisottées, elles ont rien dans la tête, elles parlent beaucoup et elles éclatent de rire fort, les Ruggieri et les Mireille Dumas, c'est des idiotes, c'est des frisottées ça, et Marie-Paule Belle, c'est une frisottée ça, et y en a beaucoup d'autres des idiotes qui rient fort mais je me souviens plus les noms, c'est des frisottées.

… Ruggieri, elle est de la famille des artificiers ?
— Famille des artificieuses en tout cas.

Regardez les cités mayas, la qualité par rapport à nous…

… je le sais, je l'ai entendu dire personnellement.

Il n'y a pas de grande ou de petite cuisine, il y a la bonne ou la mauvaise…

La musique, c'est une langue universelle, tu peux faire chier la terre entière si tu joues mal.

Saint-Tropez, c'est le grenier à bites de la France.

Il travaille une semaine de jour, une semaine de nuit, une semaine il rentre saoul le matin et une semaine il rentre saoul le soir.
— C'est fatigant comme rythme.

En général, je le remets à l'eau, mais celui-là je l'avais attrapé par l'œil, alors on l'a mangé.
— Parce que vous, vous respectez le poisson.

… faut pas nous prendre pour des cons non plus.

… on a rien fait de mieux depuis la 2 CV Citroën.

L'hérédité, ça marche pas pour le sexe, j'ai eu que des filles et jusqu'à preuve du contraire suffit de regarder je ne suis pas une fille, alors ?

— …

— Je sais ce que je dis tout de même.

Dans certaines banlieues, un Noir par personne !

… la radioactivité se concentre dans les champignons, ils vont dans les bois avec un compteur, et ils en trouvent des cageots et des cageots ces connards de Tchernobyl…

Je lui ai roulé sur le pied pendant qu'il pissait sur la voiture putain je l'avais pas vu, je faisais attention de pas me tromper de vitesse pour pas reculer parce que j'avais Pascal qui chiait derrière, je l'avais dans les phares de recul.

— Elle est bien cette boîte ?

— Surtout ce qui est pratique, c'est le grand parking.

🍺

C'est pas à moi à chercher mes clefs, c'est à mes clefs à me chercher.

Pour acheter des conneries qui servent à rien, la fausse monnaie, ça suffit bien.

... si ça se trouve, toute la monnaie est fausse...

Ils font des greffes de foie de porc sur des humains, c'est au point.
— Là normalement la Sécu, elle a pas à gueuler, le foie de porc c'est quinze balles.

Il faut manger des croissants, ça fait les belles dents, il faut manger les tartines, ça fait la belle pine !
— Tu démarres tôt.

C'est bien d'oublier des choses pour se rappeler d'autres choses, on a le crâne en forme de vase et faut bien de temps en temps changer l'eau des fleurs !

Je me plains pas, j'ai une famille belle comme un kilo de cerises !

J'ai moins dix pour cent sur tout le magasin avec la carte Galeries Lafayette.
— C'est bien, quand vous irez, dites-moi.
— C'est une carte personnelle qu'on a à soi, d'ailleurs, normalement, je n'aurais même pas dû vous en parler.

... je l'aime bien ce client parce qu'il est intemporel.

La philosophie dans les cafés, la violence dans les lycées, c'était mieux avant quand c'était le contraire.

Plus tu as de chambres d'amis dans ta maison et moins tu as d'amis qui viennent dormir dedans.
— On peut pas tout avoir... le beurre et les amis du beurre.

Je pêche et je ne sais pas nager, je suis un peu kamikaze.

L'ortie ça pique pour se défendre mais ça n'attaque pas.

Une année-lumière fait douze mois comme l'année normale mais c'est lumière... Janvier-lumière, février-lumière, mars-lumière...

On verrait en noir et blanc, on serait tous obligés de faire des jolis dialogues.

Ils ne mangent pas, ils ne boivent pas mais ils travaillent.
— Depuis un an, je fais le ramadan à l'envers.

J'ai de très bonnes relations avec tout le voisinage et même avec certains...

— ... ?
— Des...
— ... ?
— Comme mon sac...
— ... ?
— Comme le café... Des... des Noirs...

Nous les jeunes on travaille pour les vieux mais en contrepartie le travail des vieux c'est de s'occuper de mourir de vieillesse et comme ça, nous, on a pas à s'occuper de ça, pour l'instant.

Les petits rideaux, dans la cuisine et les gros rideaux, dans le salon, c'est militaire chez nous.

Il est mort.
— Décédé.
— Exacte la nuance, c'est vrai qu'il était plein de fric.

La vie, faut que ça s'arrête, sinon ça ne s'arrête pas et c'est comme la mort.

La gendarmerie, c'est le même bleu que votre plafond !
— Je regarde jamais le plafond, pas le temps monsieur.
— Je vous le dis, monsieur... monsieur comment d'abord ?

Ils arrêtent les voitures en pleine nuit, non mais vous m'entendez, en pleine nuit, non mais ils ne dorment jamais les gendarmes, heureusement, une chance, j'étais au lit.

Le cyber-sexe tu te fous une lampe de poche au bout de la bite, c'est pareil.

Tu as le droit de dormir dans ton propre escalier si tu es locataire depuis plus de cinq ans.
— Où t'es allé chercher ces droits du locataire ?
— Je le sais.

Le Danois qui a un cancer du fumeur, tu le bouffes comme du hareng.

Allez hop… tabac, loto, boulot.

🍸

Toute la nuit il se tape des morues et le matin il est frais comme un gardon…
— Mieux vaut rentrer sur trois pattes que sur quatre…

… comme on dit…

Les poules très cons, on les mange quand même, d'ailleurs on ne mange que celles-là, parce que les poules intelligentes genre poules d'eau,

221

personne en mange, et pour cause, ça ne s'élève pas, et comme on mange que ce qui ne s'envole pas quand on ouvre la porte...

Tout l'après-midi je me suis marché sur le pied, c'est pour ça que je pouvais pas partir.

Le tendron, c'est quel morceau dans le veau ?
— ... ?
— Le tendron ?
— Le tendron, c'est un morceau dans le veau.
— Dedans, je me doute bien que c'est pas un morceau à côté du veau, mais où ?
— Dedans le veau, monsieur.
— C'est pas grave.

... si les cons volaient, tu... même pas, tu t'envolerais pas tellement t'es con.

Le progrès ? Quel progrès ? On mange, on dort, on a toujours des maladies ! Quel progrès ?
— Et les avions ?
— Dans les avions, on mange, on dort, on a toujours des maladies, tu parles d'un progrès !

C'est une rue très réaliste, avec tous ses magasins d'alimentation.

Il buvait cinq litres par jour, même l'été.
— L'été, il y a la circonstance météorologique.

Tu respires pas une fois dans ta vie et après tu arrêtes, tu respires tout le temps, eh ben la poésie c'est pareil, soit c'est oui partout tout le temps, soit c'est non jamais.

— C'est l'usine ta poésie.

… il finira par s'électrocuter cet électricien, il a tout le temps la goutte au nez.

Plus t'as d'hommes et moins t'as de droits de l'homme, ça, c'est couru d'avance.

Pour voir une petite fille en Chine, faut creuser avec une pelle.

À Tchernobyl les enfants naissent avec quatre bras, c'est bien, ça leur fait des travailleurs qui ont pas beaucoup de bouches.

Avec Chirac, on aurait vendu des locomotives pour amener les Juifs dans les camps, d'ailleurs on en a vendu.

— Si on devait faire du commerce qu'avec les démocraties, on boirait même plus de vin corse.

Te gratte pas la bite au soleil, ils vont t'envoyer un sac de riz.

... le Chinois finira qu'il sera une sorte d'Arabe.

Sur un milliard de Chinois, t'as pas un seul Noir.
— Sur un milliard de Noirs, t'as pas non plus un seul Chinois.

Les droits de l'homme ça marche surtout pour les tyrans, c'est des hommes et ils ont des droits.
— Fais-moi gagner au Loto, tu vas voir comment les droits de l'homme je m'en fous !

... moi je crois qu'une fois pour toutes, il faudrait faire des enfants qui ne vieillissent pas.

Elle est enceinte et elle travaille, normalement le patron doit aussi payer les huit heures du bébé.

Ils auraient dû leur donner un bout de l'Allemagne aux Juifs plutôt que les mettre au milieu des Arabes.

... je suis un historien de l'alcool plus qu'un alcoolique...

C'est quand même grâce au racisme qu'on est blanc !

Moi je donne rien à ces enfoirés de docteurs qui s'en mettent plein les poches, moi les organes je vends, et cher le kilo encore !

La justice, c'est que Dieu qui peut la rendre !
— Mais non.
— Que Lui.
— Mais non, les dossiers sont trop compliqués maintenant.

Ils sortent de l'école sans savoir lire, sans savoir écrire, sans savoir compter, on se demande même comment ils trouvent la porte pour sortir !
— Le mien, il est en cinquième, deux fois par semaine il rentre bourré.

♓

Ils ont repêché une voiture dans la rivière avec une femme dedans.
— Quand ?!
— Ce matin, les pompiers, avec une femme dedans.
— Quand on sait pas conduire, on reste à la maison…

… femme au volant, mort au tournant.

Si ton bistrot y marche, c'est par la volonté d'une poignée d'hommes !

Des voiliers de plusieurs milliards chacun !

— Pour une personne solitaire, ben merde alors, moi je les fous tous sur le même bateau et le pognon je me le garde.

— C'est la transat en double ce coup-ci.

— En double, ben merde alors, moi je leur achète une table de ping-pong et le pognon je me le garde… ben merde alors.


… la danseuse étoile, elle a beau être étoile, elle danse pas toute la nuit.


Il faudrait que le train puisse sortir des rails et partir dans la campagne, ça serait des vraies vacances en train, suivre des rails on le fait déjà au travail.


… tous avec du goudron sur le maillot de bain… alors cette année on va à la montagne… mettez-vous à notre place aussi…


Delaramée, au tableau ! tu t'en souviens ?

— Tu parles !

— Delaramée, dehors ! Delaramée, encore en retard ! Delaramée, faudra faire de la gymnastique, tu t'en souviens ?

— Le gros, bien.

— Delaramée, vous êtes trop gros pour faire les pompiers !

— Tu parles !

— Delaramée, pousse-toi ! Delaramée, paye ton coup, eh ben Delaramée, y s'est pendu.

— Meeeeeeeeeeeerde…

— Oui.

— Meeeeeeeeeeeerde…

— Le gros.

— Meeeeeeeeeeeerde…

Tu veux plus me servir ? D'accord… alors c'est la guerre !

… vous pouvez le servir, il est sous ma houlette.

… y reste que des ploucs.

À Cannes, c'est une population de vieux et pendant le Festival, elle double.

La grande époque de Cannes, c'était l'époque de Brigitte Bardot.

— Dans sa jeunesse.

— Oui, à ses débuts… à ses débuts…

— Catherine Deneuve, elle a trop travaillé dans sa vie… elle est vieille et fatiguée cette femme…

et puis attention, elle a été mariée avec Gains-
bourg ! ça n'aide pas, dans une vie... non, ça
n'aide pas...

— C'est plus la grande époque.

— Ça nous rajeunit pas.

— Elles non plus !


... à Cannes, y a plus aucune vedette, y a que
les connards de la télé.


... tout cet argent dépensé pour trois cons qui
montent des marches, moi je leur foutrais une
bombe.


Cannes, j'ai regardé l'ouverture, eh ben dites-
moi, y avait personne de connu.


Le meilleur comédien français, cette année, c'est
un mongolien.

— Ça ne m'étonne pas.


... c'est du cinéma-vérité, pour un mongolien,
on prend un mongolien, pour un Noir, on prend un
Noir...


Jamais vu un mongolien noir, le mongolien est
blanc par définition.


Le mongolien de Cannes, il faudrait écrire une
histoire où il se marie avec la naine et ça fera un
feuilleton pour la télévision.

Y avait une muette qui avait eu un prix à Cannes, là c'est un mongolien, les friqués adorent les tordus.

— C'est le seul truc un peu intéressant, aussi, par rapport...

— Intéressant ?

— Ça change un peu.

À Montmartre, on prend des facteurs de montagne, je dis on, mais c'est pas moi.

... faudra que je lave les rideaux, y me salissent tout le soleil.

... la forme des planètes tout ce qu'on découvrira ça sera rond, pour moi c'est déjà tout découvert tous ces ronds...

Il faut être un animal pour tuer un prêtre, et encore, les chiens, ils leur mordent le cul, c'est tout, et encore, il faut qu'ils passent en vélo, et encore, en jouant la sonnette...

Ils les ont égorgés les prêtres !

— Ils l'avaient dit, ils l'ont fait, c'est pas des gens qui font de la politique comme nous, quand ils disent quelque chose, ils le font.

… ils ont tué tellement de monde les curés que sept morts chez eux, ça va pas me faire pleurer, au contraire !

C'est des barbares !
— Tuer des prêtres sans défense, qui sont pauvres en plus, franchement c'est honteux…
— C'est des barbares !
— La tête coupée à des vieux !
— Décapiter des prêtres… et en plus ils ont mélangé les têtes, il paraît.

… ils dépensent des milliards à Cannes et après ils viennent pleurnicher du pognon, putain, à la télé, ils ont tous les culots !

La gamine, la tueuse, seize ans, elle était au lycée Picasso.
— Il s'arrange pas celui-là.

Bambi, c'est quelle viande ?

Je pense qu'il y a tout, les pêches, les carottes, les aubergines, les pêches blanches, les abricots, la salade, dites donc il fait meilleur ici, il fait plus frais qu'en voiture, là on est bien, les concombres, les carottes, j'ai encore une livraison et je vais manger, parce que après j'ai un deuil à quinze heures, alors merci pour le verre mais pas le temps, une autre fois merci !

Quel temps…
— On va même pas pouvoir sortir les boules.

J'ai rêvé de Bernard Tapie.
— Il t'a fait un chèque au moins ?
— Justement si, je travaillais pour lui et justement non, il m'a donné que la moitié de l'argent.

Ils foutent du jazz à la radio alors que c'est le Tour de France, ben merde !

C'est une catastrophe ce Tour de France !
— En France, plus rien ne marche, c'est pas en faisant le tour que ça va changer…

La mer c'est reposant mais faut pas se baigner parce que la baignade, c'est fatigant.
— Bagnères-de-Bigorre ou rien…

Jalabert, dans les choux, Indurain, dans les choux !
— La montagne a fait le trou.

Tu marques un but, t'es le Dieu du stade, le lendemain tu rates un but, t'es la chute d'un Titan, putain, ça va vite.

… c'est tous des charlots.

Si on réduit le temps de travail, alors ceux qui cherchent du travail ont déjà plus qu'un demi-travail à chercher…

… c'est tous des charlots.

Tapie, tu parles, il a des dossiers sur tout le monde, c'est pour ça qu'il est protégé !

… c'est tous des charlots.

Longtemps inaccessible, la Birmanie, eh bé putain, elle peut le rester !

… c'est tous des charlots.

⏳

… Surdoué mon cul.

Un gosse surdoué, en six mois j'en fais un con !

C'est tourné avec trois sous ce film, tu parles, c'est *La planète des singes* ce porno, tout le monde a le cul rouge, ils s'assoient sur des chaises entre deux prises, t'as la marque des chaises sur le cul de tout le monde, c'est n'importe quoi !

— C'est fait exprès.

— Le cul rouge dans les pornos, c'est jamais fait exprès.

L'imagination, tu peux la commencer par la fin, ça change rien.

Les guerres c'est bien, ça fait de la place !

Les femmes adorent faire des gosses, alors qu'elles fassent des gosses et qu'elles nous foutent la paix, elles sont pas objectives.

Plus on leur interdit de faire des gosses et plus ils sont nombreux ces Chinois.

— Dans les régions de montagne, tu peux rien interdire...

Les juilletistes, c'est tous des pédés, jamais je suis parti en juillet, toujours en août, avec les aoû-tiens mais les juilletistes, c'est tous des pédés !

— Vivement le mois d'août parce que tu commen-ces à nous courir, toi...

L'Indochine, j'y suis retourné, j'étais dans les commandos, j'ai été très déçu, ils ne servent plus de soupes dans les rues.

Le soleil est généreux ce matin.
— Ça lui coûte rien.


La mer, c'est la mère, c'est pour ça que les enfants aiment autant la mer, c'est le retour à la mère.
— Y a encore eu un noyé, tenez.


Vous avez des guêpes ?
— Plein !
— Nous on a des fourmis.


Toute la nuit ça a été la sérénade dans la chambre des gosses !


Monastir, Agadir, tu peux plus, les hôtels sont pleins de connards qui ont gagné à des jeux télé.


Je supporte pas le camping, j'ai peur la nuit, on est pareils qu'à dormir dans un cornet de frites.


… y a presque plus de grillons, les sauterelles avec les ailes rouges et les sauterelles avec les ailes bleues qui s'envolent quand on marche dans les herbes vous savez, on en voit plus, les gros criquets verts vous savez avec le sabre à l'arrière on en voit plus, on emmène le « Monopoly » et le « 1 000 Bornes » pour les gosses, c'est vrai qu'il fait beau mais ça peut changer…

Les mangez pas les coquillages que vous trou-
vez !

— Si, pourquoi ?

… on mangera le produit de notre pêche…

C'est une question de confiance, si tu crois que
dans les fourmilières on fait l'appel !

Les chiens n'obéissent plus, les jeunes n'obéissent plus…

… avec cette chaleur, les ventouses se décollent
du plafond et les mouches tombent qu'on est obligés de mettre du plastique même sur la salade de
riz.

Je sais pas qui mais alors, y en a un qui ronfle
dans le camping !

L'herbe, à regarder c'est rafraîchissant, on
aurait de l'herbe au bord des yeux plutôt que des
poils, je vous dirais, c'est bien…

Il dit toujours qu'il va faire moche le gars de la
météo de la radio le matin et il fait toujours beau,
c'en est un qui se venge qu'il a pas de vacances…

Là où l'avion est tombé, dans deux ans, ça sera un coin à homards.

Il reste cent dix-huit corps au fond de l'eau.
— Ça leur fait des vacances.

… rien à foutre, même en Angleterre, je roule à droite, c'est pas mon problème…

Les menhirs, fallait pas être fainéant, trouve un jeune qui te fait un menhir, tiens…
— Ils croyaient à quelque chose…
— Trouve un jeune qui te fait un menhir, tiens.
— C'était une autre époque aussi…
— Trouve un jeune qui te fait un menhir, tiens.

Cette année, personne.
— Et la colonie de vacances de Montargis ?
— Les moniteurs boivent pas.

Il est beau votre fils.
— Oui, mais il a un caractère ! Dis bonjour.
— T'es pas ma mère !
— Qu'est-ce que je vous disais ?

On a visité le lavoir.
— Vacances de cons !
— … ?

On nage vite avec des palmes comme ça ?

— Je sais pas, elles sont pas à moi, elles sont à quelqu'un…

— Un ami à vous ?

— Oui, un camarade.

— … ?

— …

— Vous êtes au camping des pédés ?

— Ah non non non non non non.


Les spectacles historiques on ressort moins idiot.

— Nous avec Francis, on aime pas tellement ça.


Alors, qu'est-ce que je vous sers ?

— On peut se baigner après le rosé ?

— Bien sûr.

— Alors un rosé.


Jamais deux sans trois comme on dit.

— On le dit plus.

— Nous on le dit.

— Vous êtes de quelle région ?


Mais d'où elles viennent toutes ces mouches ?!

— C'est les mouches qui arrivent avec les Parisiens.

Prison à l'île de Ré, à sa sortie tout bronzé.
— Vous appelez ça de la prison, je suis évêque…
— Récidive, on les refout en taule, ils rebronzent.
— Pape !
— Vous buvez quelque chose ?
— Tout ce que je dis je le fais.

Tous ceux qui portaient les hallebardes étaient bourrés ! Comment y a pas de blessés à leur nuit médiévale je me demande !

Une femme président de la République ? Et pourquoi pas un chien !

Le pire quand tu fais du naturisme c'est que tu te promènes tout nu et tu marches dans la merde de quelqu'un, c'est horrible.

Les coups de soleil sur les parties, alors là oui, on déguste !

Un café et un petit ballon de côtes.
— Le rouge et le noir.

Ils ont annoncé des orages à la météo…
— Le pain est déjà mou, regardez, non mais touchez si je mens.

Tu glisses sur une merde, tu te casses une jambe, tout est dangereux.

On peut rien contre un torrent de boue, même un bon nageur peut rien faire, c'est pas de l'eau, c'est de la boue avec des pierres et les truites c'est des caravanes...

Ils construisent les campings dans des entonnoirs et après ils disent du mal des entonnoirs, c'est un peu facile aussi...

Soixante-quinze morts dans le camping...
— Comme ça la prochaine fois ils iront à l'hôtel !

Capitoul ! Capitoul ! La météo avec les fromages frais du berger, Capitoul ! Didou didou dida didou !

... sa femme doit pas rigoler tous les jours...

... il est fou...

... toutes ces voitures emportées par la boue, ça fait toujours ça de voitures en moins sur les routes...

Qu'est-ce que j'ai pu la faire l'école buissonnière ! J'allais au car et je me cachais dans le lavoir, après je disais, j'ai raté le car, j'ai raté le car !

— Je me souviens, je sais pas ce que j'y faisais, j'étais toute seule dans l'école, y avait pas d'élève, j'étais toute seule, je devais être chez moi normalement, j'étais toute seule, c'est flou comme souvenir, je vous parle de ça j'avais cinq ans, j'étais petite…

— Qu'est-ce que j'ai pu la faire…

— Je sais pas ce que je faisais là, franchement, je sais pas.

— Qu'est-ce que j'ai pu la faire.

— Ça a pas sonné midi à la mairie ?

— Quelle chaleur…

— Nantes, et après Auxerre.

— Ah, ah !

… un autre.

… attention, je tache !

Je me suis tellement fait chier au camping où on était que si on avait été au camping tragique, finalement, j'aurais préféré…

Y a pas pire pour le cœur que le sport.

T'as pas de gosse ? T'es la mouche du coche alors !

Je vais annuler mes vacances pour boire l'apéritif avec toi.

— Mais non, il ne faut pas.

— Mais si.

— Mais non, il faut partir.

— Mais non, je pars pas, je bois l'apéritif avec toi.

— On va pas boire l'apéritif pendant un mois.

— Ah bon ? Et pourquoi non ?

— Allez, il faut partir maintenant.

— Je veux partir avec toi.

— Mais non.

— On boira l'apéritif tous les deux où tu veux.

— Mais non, ta femme t'attend.

— Ma femme ?

— Ta femme t'attend.

— Où ma femme elle attend ?

— Chez toi ?

— Qu'est-ce qu'elle fait chez moi ma femme ?

— Elle t'attend.

— M'en fous.

— Il faut rentrer.

— M'en fous, je pars pas, je veux boire l'apéritif avec toi.

— Pénible, à force…

— Qu'est-ce que tu bois ?

— Rien, j'ai pas fini.

— Finis.

— Une seconde.

— Finis, que je te paye l'apéritif, c'est les vacances après tout.

— C'est les vacances, oui, c'est les vacances.

— Tu vas où en vacances ?

— Je pars pas, je travaille.

— Tu travailles ?

— Oui, je travaille.

— Tu veux que je travaille avec toi ?

— Non.

— Je travaille avec toi si tu veux ?

— Non, toi, tu pars en vacances.

— Non, je veux rester travailler avec toi.

— Tout à l'heure, tu voulais rester pour boire l'apéritif.

— Les deux !

— Allez, t'as assez bu, ta femme t'attend.

— Où elle est ma femme ?

— Chez toi, elle t'attend pour partir.

— Je veux pas partir.

— Vous allez où ?

— Nulle part !

— Eh ben... elle va être contente ta femme...

— Elle est où ?

🍾

Moi la capote c'est ancré.

… j'étais bourré, j'ai pris le taxi pour rentrer chez moi mais comme j'ai déménagé y a un mois j'ai pas encore l'habitude je suis rentré à mon ancienne adresse, c'est pénible d'être con à force, deux cents balles de taxi !

La seule plante qui a le sens des responsabilités, c'est la vigne.

Mon mari ne s'occupe de rien, l'argent c'est moi, lui il tient les cordons de sa bourse et encore…

Ils ont trouvé de l'eau sur la Lune.
— Je sais, c'était déjà dans *Tintin*.

La bibliothèque François-Mitterrand, ça donne pas envie de lire, la bibliothèque d'un mort !

J'ai beaucoup d'admiration pour les femmes formidables.
— Il en faut parce que les pauvres c'est pas facile…

J'ai été reçu au RMI !

J'aime pas l'été, d'ailleurs faut tout le temps faire les carreaux.

La mer c'est joli mais quand vous êtes au milieu c'est beau.

T'as vu Adjani ?! La tronche de hamster !

Avec mon mari on voyage dans le monde et souvent on a remarqué qu'une semaine dans un pays pauvre revient plus cher qu'une semaine dans un pays riche, c'est incroyable mais c'est comme ça, c'est à cause du prix de la viande.

Les frères Lumière d'accord mais les Curie, ah non ! parce que bosser avec une bonne femme je sais ce que c'est, merci !

… Ou alors que avec Joliot…

☙

Les enfants finissent toujours par partir.
— C'est d'ailleurs pour ça que j'ai pas de chat, pour pas avoir à les tuer.

On est arrivés au bal en retard, ça dansait déjà dans les dégueulis.
— Les bals c'est toujours loin.

Tu vas boire des coups chez René ? ça ne m'étonne pas ! c'est la villa Médicis des cons !

… Parce que bosser avec une bonne femme…
… Merci !

Tu peux pas apprendre un boulot en six mois avec un stage, c'est pas possible ! pour apprendre un boulot faut du temps pour l'apprendre le boulot… moi j'ai appris mon boulot en des années, je prends le coin et je mets le scotch et sur l'autre coin il faut tendre bien le papier pour mettre le scotch sans que ça fasse de pli et tu retournes… stages bidons…

On met le réveil parce que le Soleil fait pas de bruit.

☕

Miaou !
— Qu'est-ce qu'il a le chat ? Qu'est-ce qu'il veut ? Soit il en a trop dit le chat soit il en a pas assez dit le chat !

Pour des inventions de langage, une qui est forte c'est ma femme, c'est une mine de conneries…

J'ai rien compris, elle me regardait habillée sexy bien et après elle a mangé du camembert, mais qui puait !
— Y a rien à comprendre avec les femmes.

Un milliard les Chinois ! mais c'est pas du sauvage, c'est du Chinois d'élevage.

Ils vous ont pas montré le parking gratuit ? C'est des niais...

Tu vois les boyaux de Pompidou ? Eh bien c'est pareil.

La crème pour les mains, pour un moignon c'est la même ?

Quoi de neuf ?
— Rien... pareil.
— Ça roule ?
— Pas de changement... ni en bien ni en mal.
— C'est le principal.

Le vrai Français, c'est le Français breton.

Je peux pas faire du nudisme, j'ai une bite de roux.

C'est théorique ce bouchon verseur mais c'est pas tellement pratique.

Si tu veux briller à table, le mieux encore c'est d'être un couvert.

Cousteau est mort.

— Toute la vie en maillot de bain je pourrais
pas…

… La balle de ping-pong en haut du tube ça
marche jamais.

Cinq heures de baignade par jour ça devient un
boulot.

… Au fond t'es écrasé comme une merde, c'est
la pression.

Il est mort de sa belle mort.

— T'y étais ? T'étais là ? T'étais au pied du
lit ? Alors…

Quoi qu'on dise, quoi qu'on fasse, on est pas
des poissons !

… On sera jamais des poissons.

… Jamais !

… Surtout ça.

... C'était un homme hors du commun et toujours sous l'eau.

Il a inventé les palmes.
— Mais non les palmes c'était avant.

... Ah si !

... Le grand ennemi du pont de l'île de Ré déjà c'est les moules.

Des refuges sous la mer comme dans la montagne ça s'écroulera sous les moules.

... Je sais pas combien il laisse à la banque mais ça doit faire bonbon...

Les ouïes, là, ici, les ouïes, c'est ça qui sert à la fraîcheur.

Bombard, le gros, ne mangeait que du plancton, c'est comme du pain.

Le mérou qu'on connaît c'est grâce à lui.

Il a fait aimer la mer à des millions de gens.
— Pas plus que les vacances.

Le commandant Cousteau c'est un génie.
— C'était.

… Le harpon dans les fesses ça doit pas faire du bien !

Cinq continents plus des îles, faites le calcul…
— Plus il était dans l'eau et plus il était maigre.
— Sa femme par contre il paraît c'était vin blanc vin blanc…
— C'était beaucoup plus un homme d'affaires qu'un amoureux de la mer, la preuve, ils l'enterrent ! Au milieu de la mer, tu peux pas faire des magasins de souvenirs !
— Ils enterrent le commandant Cousteau ?
— Ils l'enterrent.
— Eh ben… c'était bien la peine…

Je n'aime pas quand l'eau rentre dans les oreilles.
— Vous n'êtes pas faite comme lui.

Les Japonais en mangent des algues, c'est très bon.
— Ils sont pleins de carences !
— Et le poisson ?
— Pas de fromage ni de lait ni de laitages fromages blancs et autres et surtout après ce qu'ils ont connu historiquement…

Vivre sous l'eau pourquoi pas, mais les meubles ?

… Vous avez vu l'épisode des langoustes qui marchent au fond ?

… Sous l'eau sans mourir, c'était ça son invention.

On est obligés d'aimer la mer.
— Ça serait moins cher ça serait pas plus mal.

Ça va facteur ?
— Je viens ici en tant qu'individu.

𝓲

Anquetil, c'est le vin blanc qui le faisait gagner.

Richard Virenque ? C'est le chouchou des Français.
— Moi c'est de Gaulle.

Ils étaient salés ses filets de hareng, à la limite de l'insoutenable.

Le Tour de France, c'est joli à regarder, ça traverse les petits villages, les 24 heures du Mans, ça traverse même pas le Mans…

… Aucun autre sport on pédale autant…

… Ça n'a pas tellement changé, si les Gaulois avaient eu des vélos ça faisait à peu près le même kilométrage…

… On ne peut pas faire le tour d'un hexagone.

La jambe, c'est toute une machinerie !

J'ai un genou en plastique.
— C'est pas grave, vous êtes en voiture.

La première mouche de l'été, ça s'arrose.

… Ses tomates, elles vont passer le 14 juillet dans le sac !

Si tu veux gagner le Tour de France, il faut penser comme le vélo.

Les femmes ne peuvent pas faire de vélo à cause de comment elles sont faites.
— J'en fais moi.
— En professionnel je parle.
— Y a une femme qui en fait du vélo, une grosse femme.
— Une opérée oui ! C'est courant en sport.
— Y a de plus en plus de ministres femmes.
— C'est pas du vélo.

— C'est les mêmes bureaux.
— Ben tiens…
— Le tennis les joueuses sont debout.
— Vous habitez pas en dessous.

Ullrich, c'est le meilleur au contre-la-montre.
— Non, c'est Jeanne Calment.

Il était content avec son maillot jaune comme une femme qui a fait une belle nuit.

… Les maillots de toutes les couleurs ça fait pas tellement gladiateurs je trouve…

… C'est pour ça.

Le Tour de France, c'est une autre planète.

Je suis moins dangereux au volant quand j'ai bu parce que je suis plus prudent.

Virenque est bon grimpeur mais attention, une montagne a deux côtés.

🍺

Le boucher, il boit ses pastis au Vittel.
— Ça gagne bien la boucherie.

Les meilleurs asticots pour la pêche, tu les trouves sur le commandant Cousteau.

Est-ce qu'on a bu tout ce qu'on a payé ?

Une famille normale, ça tient dans une cuisine.

Après la gastronomie, moi je somnole.

On peut très bien être nazi et aimer le football !

Rien qu'avec le football on est le centre du monde, alors c'est pas la peine de se faire chier.

Leur football, ça change un peu de leurs conneries d'habitude.

Je n'aime pas le football quand il va dans l'excès théâtral.

C'est facile de ne pas être raciste quand on habite un pavillon !

Les jeunes facteurs, c'est la lie.

Chez Peugeot, ils ont de l'honneur !

La forme de la Russie, ça change tous les jours.

Maintenant, il faut le bac pour vider les poubelles !

Un chanteur qui ouvre pas la bouche, t'achètes le disque ?

Quand ils dispersent les cendres des morts, on en respire.
— C'est les bébés dans les poussettes qui respirent le plus de cendres des morts.

Les gènes, t'en touches un et après c'est les dominos.

Il est lunatique en ce moment le Soleil.

C'est des lapins les pédés.

Le fromage de brebis ça vient des Cathares.

Je suis chômeur occasionnel et en ce moment c'est l'occasion.

Un camion de quatre cent mille bornes, c'est un perdreau de l'année.

C'est la fête du ballon rond, comme on dit.

On est les successeurs de nos ancêtres en fait.

Au Portugal, vous trouverez facilement à dormir mais c'est pas propre.

Respecter les gens, c'est vraiment pas la peine.

Les pédés, c'est pas eux, c'est une glande.

Les pédés ne peuvent pas fonder une famille, ils sont tout le temps en boîte.

On a de moins en moins de spermatozoïdes.
— Le mec qui compte les spermatozoïdes peut se tromper.
— C'est des femmes qui font ça, et après elles se touchent les cheveux.

Des millions par mois pour pédaler !
— Sur des jolies petites routes en plus.

Faire les courses, au moins c'est un sport utile.

À part marcher sur la Lune...

☙

Le naturisme, sur le dépliant c'est des jeunes filles à poil sur la plage mais quand tu y es, c'est que des retraités de la SNCF.

Un fruit mi-homme mi-femme c'est la tomate.

L'alcoolisme est une bonne maladie, par rapport à ceux qui peuvent pas boire parce qu'ils sont malades.

Il faudrait qu'à l'auto-école on nous apprenne à conduire bourrés, on apprend bien la conduite sur glace.

Trente pastis par jour, il est au sommet de son art…

Les hooligans font autant de mal à l'alcoolisme qu'au sport.

Un stradivarius, tu chiales… surtout si tu t'assois dessus.

L'*Inspecteur Derrick* ? c'est l'âge de la pierre taillée ce feuilleton.

À notre époque on est vieux plus tard.
— Ça dépend qui, pas moi.

Lui on l'appelle Virage, c'est facile à comprendre pourquoi.

Je n'aime pas les films avec un scénario qui se voit.

On s'en va ?
— Mentalement je suis pas prêt.

Mon signe c'est Poissons, c'est pour ça que j'ai toujours mal aux pieds.

Des réfugiés, j'ai que ça ici.

Je généralise pas puisque c'est vrai que c'est tous des cons en Suisse.

Vous ressemblez à Belmondo.
— Je sais, je le connais.

Attention ! aujourd'hui on passe à l'heure d'été.
— Ah bon ? ah bon… alors un pastis !

Les gens qui laissent leur chien faire sur le trottoir, je leur attacherais une pancarte autour du cou, moi si !

James Bond, c'est un sujet universel.

Ma name is Bond ! James Bond !

J'ai deux bras, comme James Bond !

C'est mon verre ça ?
— Non, c'est le mien.
— Putain, c'est Yalta !

Sans la boîte, pour moi c'est pas une sardine.

Monet c'est joli, il a fait des coins de pêche.

Tu mets pas d'eau ?
— Non, comme ça... *a cappella*.

J'ai une belle vue d'ici, je vois tous les verres.

Je veux absolument pas que tu dises qu'on a vu Jeannine !

Il est rose comme une bite ce matin !
— Ah oui, j'ai bien dormi.

Chaque fois que je refuse un verre, ça me fait un cheveu blanc.

♟

C'était trop rigolo ce que je buvais quand j'étais gamine, de la grenadine avec du citron, c'était trop rigolo !

Le beau temps, ça change de la banalité ambiante.

Astérix est plus connu que Chirac, si tu vas par là.

On vient, on boit, on disparaît, on est un commando.

La Russie d'aujourd'hui, tu manges un cornichon sucré, t'as vite fait le tour.

Ils peuvent y aller avec leur langue de bois, on a l'oreille de bois.

Chambourcy, c'est pas si loin que ça.

Marcel ! on a soif !

Traducteur, c'est un beau métier, tout devient français.

Avec une jambe plus courte que l'autre, dans le désert tu tournes en rond.

Je buvais des pastis alors que moi d'habitude je bois que du Ricard.
— C'est pas très grave comme erreur médicale.

Y a que dans les films que les gens rigolent comme des fous quand ils ont bu.

La bombe à fragmentation, c'est fait pour les familles qui sont à table.

Pendant toute la visite du château elle s'est curé le nez, c'est pas la peine de construire avec des gosses pareils.

Une armée de métier, si c'est comme les profs de métier, ça promet.

Pour moi, l'Europe militaire, c'est un nain !

Sans aucun engagement d'achat, on en a pris un carton de douze.

Ils ont l'impression qu'ils sont les seuls sur la route.

Ton détecteur de métaux, avec toutes les bagnoles garées sur la plage, il a pas fini de sonner.

L'armée est obligée d'obéir, garde-à-vous au soleil, faire le lit, et plein d'autres ordres.

Tout est faisable, ou presque.

C'est pas si bien fait que ça la nature, hier il a plu.

Les plus heureux, c'est les Français.

C'est une guerre pas dangereuse, on les bombarde et c'est tout.

Pendant que ça se bat au Kosovo, ça se bat pas ailleurs.

Un des trucs que je déteste le plus au monde, c'est tourner dans Auxerre pour me garer.

Mordu par le chien, mordu par la chienne, c'est du pareil au même.

Des éclipses, nous, on en a une par soir.

Elle s'est fait épouser par un ancien ministre alors qu'un postier de chez nous, il en voudrait pas.

🍸

Je dors debout...
— Debout... pas tellement...

Les meilleures tomates, c'est celles de Théodore Monod.

L'autre jour j'ai marché dans la crotte de chien, j'aurais pas été un bon démineur.

À l'époque sur la bouffe y avait pas les dates, et personne était malade.

Handicapé mental, je donne pas de sous, c'est rien, ils peuvent marcher.

Le cabillaud, ça existe pas, c'est de la morue.

La France, à l'échelle mondiale, c'est même pas la taille d'ici.

Le *Titanic*, ça marcherait pas de nos jours parce que le bateau coulerait pas.

… Si ça continue ce temps, on va remettre les chaussettes.

Pour moi le sexe, c'est pas le corps, c'est un truc rajouté dessus.

On mourra de notre connerie, vous verrez !
— Pas du tout ! c'est manuel.

Je parle au nom de la déesse Raison.
— Ta gueule !

Tomber à la mer, c'est la mort assurée.

— Oui mais ça les marins le savent, celui qui tombe à l'eau, c'est pour sa poche.

Les gens, ils veulent bien dépenser mais ils veulent pas payer !

Quand t'es un petit veau, c'est pas la peine de tirer des plans sur la comète.

On diminue l'épaisseur des plages, c'est à force d'en ramener dans les espadrilles.

Le Prozac c'est dangereux, je préfère mon litre de Ricard.

— C'est parce que vous avez l'habitude.

Pour les chats à vendre, « déborde de tendresse », c'est un casse-couilles.

Le Coca-Cola c'est la boisson reine, mais moi je suis républicain.

Les peintures de Lascaux on trouve ça génial, mais si ça se trouve à l'époque personne en voulait chez lui.

La psychanalyse bon marché, au moins, c'est pas cher.

*La princesse de Clèves*, ça me dit quelque chose... mais quoi ?

Faut les voir ramasser les myrtilles, c'est tout un sacerdoce.

La source de toutes les choses, quelqu'un a dû pisser dedans.

C'est esclavagiste les publicités avec des Noirs !

Moi ce qui m'intéresse c'est de rencontrer les gens qui font le fromage plus que le fromage lui-même à la limite...

Qu'elle est bête des fois !

Le Larousse, oui, mais le Petit Robert, il faut toujours vérifier.

Si ils virent tous les camés du Tour de France, on va se les récupérer dans les rues.

L'air dilate avec la chaleur, c'est pour ça qu'on ballonne.

C'est Élise qui chapeaute la culture à « Bonne Soirée ».

… je cite souvent l'exemple des Touaregs.

Je ne vois pas pourquoi vous dites du mal du Caprice des Dieux !

Sur les vieux disques, on entend la poussière des micros.

Avec ces soldes, j'ai marché toute la matinée !

… ça fait des années que j'ai pas vu un harmonica.

Tu savais que dans le rétroviseur de la camionnette ton bistrot s'appelle NIOC NOB UA ?

Notre corps est une prison mais faut pas trop se plaindre, on est qu'un par cellule.

Il est mort ? bravo, très bien ! un de moins qui dira plus de mal de mes chiens !

Tu fais ton Loto au Chat Noir ? tu risques pas de gagner !

2000 ça fait peur parce que c'est pas naturel les chiffres ronds.

Quand on est en maillot de bain, y a plus d'ouvrier, plus de patron.

Nous on est tout rouges mais on triche pas en faisant des UV avant…

C'est une rue avec des platanes qui fait apéritif piétonnier…

À la plage c'est tout le temps le contraire, des mignonnes petites têtes et des gros culs.

On essaie de faire sortir la mouche ! alors vous mettez pas là, vous êtes sur la route !

Ils distribuent des préservatifs gratuits sur les plages, mais si vous offrez un Coca à une fille, c'est trente francs !

Quand on va dans un restaurant vietnamien avec lui, tu le verrais, c'est *Tintin en Chine*.

Au théâtre, ce qui ne va pas, c'est la séance obligatoire.

Vaut mieux être plus intelligent que lui parce que c'est un con !

Ça fait une espèce de serre, la casquette.

C'est pas le pays du sourire ce matin !

Ça fait vingt ans avec ma femme que chaque année, on fait nos cornichons.
— Ah oui, ça fait une date.

🍸

Vous inquiétez pas mémé ! si vous l'avez l'Alzheimer, on vous dira que vous, c'est du Picon.

Les vacances, c'est une autre façon de respirer… pour moi.

Attention ! la fête de la Bière, y a du vin, si t'en veux.

… ils ont les vélos de la *Guerre des Étoiles*…

Il leur faut une piqûre dans le cul pour faire dring avec la sonnette !

Avignon pour ceux du théâtre, c'est comme pour nous la fête à Chablis.

C'est en Bretagne que je lis.

Je voudrais pas trop rêver, mais je crois qu'on va s'offrir un sèche-linge.

Faut être un enculé pour manger une poule naine !

Elles sont molles vos chaises.
— Elles ont pas l'habitude du chauffage, c'est des chaises de dehors.

Des opposants togolais, c'est un pléonasme !

Pastis ! pastis ! ça arrêtait pas ! le beau-frère ! le cousin ! j'avais plus aucune marge de manœuvre !

L'euro, ça finira comme le Concorde.

C'est rien le RMI, en une semaine c'est bu.

☕

... Je me suis excusé, alors recommence pas à pleurer...

... en plus j'ai rien dit, alors arrête...

... en plus j'ai rien fait...

... arrête de pleurer ou je t'en remets une !

Attention ! c'est à cause de la lecture qu'on s'endort au soleil.

Il est vieux, il a un disque de Michel Legrand.

… mais alors du coup avec mon opération, je perds quatre jours de congé, tu comprends ?

Martine Aubry elle avait dit, une paire de lunettes par Français ! tu parles ! les gosses de ministres ils doivent pas en manquer, eux… c'est l'arnaque du siècle cette histoire d'éclipse ! en plus maintenant que ça approche, ils nous disent qu'il y aura du mauvais temps ! ben tiens… les lunettes qui marchaient pas on les trouvait dans les pharmacies ! les colombiennes, les taïwanaises, ça promet pour les capotes !

Quand il y a une éclipse en Afrique, tu crois qu'ils courent après les nègres pour leur mettre des lunettes ?!

Paris va être détruit juste le jour de l'éclipse.
— Si on devait croire tout ce que disent les journalistes !

Pour un nain, c'est facile de passer l'aspirateur dans la voiture.

Le RER jusqu'à la mer !

Lui, il comprend rien, et elle, c'est encore pire.

... elle croit qu'elle le pense mais elle s'entend même pas le dire.

Vous êtes la sœur à Robert ? vous lui ressemblez. Non ? Vous êtes sa femme alors ?

La Lune c'est un ancien bout de la Terre, en tout cas, c'est ce qu'on dit.

C'est la première éclipse européenne.
— Sauf la Turquie, elle est pas dans l'Europe.

Le Soleil qui disparaît deux minutes, c'est pas tellement beaucoup.

... c'est multigénérations ce genre de phénomène...

... deux rondelles d'oignon avec un petit trou dedans, ça protège de l'éclipse parce que ça fait pleurer, ça humidifie la rétine.

... c'est une communion avec la Lune.

Si ça se passe bien l'éclipse, Jospin montera dans les sondages.

Si on a la Lune et le Soleil, les autres ils ont plus rien !

Qu'est-ce que vous allez boire pendant l'éclipse ?

La Lune passe devant le Soleil, c'est exceptionnel, d'habitude elle passe derrière.

Le Soleil, c'est la vie.
— Sauf en camion, c'est dangereux.

… ça passe à Reims… c'est pas les plus pauvres…

… ça fait comme une assiette qui se pose dessus.

Avant que le soleil s'éteigne, faudra vous prendre une braise pour votre cheminée !

Nous, on va manger des radis.

Et vos poules ?
— Je vais leur mettre du grain pour qu'elles baissent la tête.

L'éclipse va passer dans la cour de la gendarmerie !

On va l'écouter sur Europe 1 l'éclipse.
— Vous risquez pas de vous brûler les yeux.

On est obligé de croire en Dieu.
— Sauf si y a des nuages.

De temps en temps je m'énerve parce qu'il y a des choses importantes à dire ! en France, on est des cons ! ça fait au moins deux ans qu'on savait pour l'éclipse et personne a rien fait ! moi je sors pas ! tout le monde va devenir fou ! ça va faire comme la pleine lune à l'heure de l'apéritif !

Y a que les cons qui regardent le Soleil !

Faudrait pas qu'il y en ait trop des éclipses parce que c'était un sacré bordel pour sortir de Paris...

Il paraît que les gens poussent des cris.
— Les gens crient pour un but de Zidane, alors...

C'est bien pour les gosses d'apprendre l'éclipse à l'école mais une fois de plus les profs sont en vacances !

L'éclipse ça dure que deux minutes mais ça fait du souvenir pour la vie...

— Deux minutes d'éclipse, moi ça me fait deux minutes de souvenir.

... c'est une aubaine pour les tabloïdes...

... ça intéresse plus les femmes que les hommes, la Lune c'est féminin.

Ils n'ont même pas fait un tirage Loto spécial éclipse...

Son Premier ministre à Eltsine, il picole aussi.

— Mouais...

— Si ! mais si ! regarde la photo ! regarde le nez !

— Mouais...

— T'y connais rien toi !

La Russie, c'est devenu pire que le Cantal.

J'ai bien dormi.

— Ça nous intéresse pas tes autobiographies !

Il n'y a pas de femme astronome, la femme est plus terrestre.

Nous on est très fiers de Metz, on est des randonneurs, partout où on passe on parle de Metz, on est des ambassadeurs...

Les crottes y en a tellement, il faut quand même qu'il y ait des gens qui s'occupent de ça.

La prochaine éclipse, ça sera à Madagascar...
— Faut viser...

C'est autant le bordel à organiser que les jeux Olympiques.

Les journalistes de la télé lèvent jamais le nez, ils ont des petits écrans par terre.

On aurait une seule nuit par an, vous verriez la folie !

Ça dérègle l'atmosphère.
— De toute façon, l'atmosphère, ça fait longtemps qu'il est pas normal.

Ils vont les faire sortir les vieux ?
— Dans la cour ? pensez ! avec l'Alzheimer, ils savent même pas où ils ont les pieds... c'est triste à dire... alors une éclipse...

Quand on regarde une éclipse, là, on voit qu'on est sur Terre.

Vous voyez quelque chose ?

— Je vois mes yeux.

— Vous êtes sûre qu'elles marchent vos lunettes ?

Tu conduis, tu regardes en l'air, c'est des coups à emplafonner une connasse...

Que dalle !

On a eu un peu d'ombre devant la porte... ça fait un mois qu'ils nous bassinent avec ça ! ils se foutent du monde non ?

Veni ! vidi ! parti à midi !

On a vu l'ombre arriver sur le trottoir.

— Une ombre sur un trottoir, autant suivre un inconnu.

... avec la baisse de température, faut mettre un lainage.

Normalement si on regarde bien, on voit les oiseaux qui se couchent.

Les médias, une fois qu'ils auront bien gagné de l'argent avec ça, ils parleront d'autre chose, vous verrez…

On pourra dire qu'on y était.
— Où ?
— À l'éclipse.
— Moi j'ai pas bougé d'ici.

Ça n'a rien fait aux animaux.
— Moi mes canards n'ont rien dit.

Mes parents qui sont dans l'Oise ont tout vu.
— L'Oise ? c'est quoi l'Oise ? c'est où l'Oise ? pourquoi ils ont eu l'éclipse dans l'Oise ?

On l'aura dans *Paris Match*.

Avec lui, je sais toujours quoi boire.
— C'est ta muse.

Je peux pas lire en voiture, ça fait les lettres en caoutchouc.

Qu'il est con ! je mets le roi, y coupe sur moi ! fils de con !

Le cœur du camping, c'est les douches... c'est l'atome si vous voulez.

... l'empire du Milieu ? du milieu de quoi ?

Je me souviens bien quand j'ai vu le film *Titanic*, j'avais mangé de la brandade avant.

... elle boit au goulot du vinaigre d'échalotes, je l'ai vue !

Maman c'est un travail, je vous jure, d'ailleurs je vais licencier les gosses !

D'un autre côté, un tremblement de terre, ça médiatise la région.

Pour l'agilité des doigts, manger du crabe, ça vaut une heure de piano.

Maintenant il y a des prostituées boulevard Soult, vous vous rendez compte ! c'est là que j'ai été élevée.
— Des putes albanaises.
— Du Kosovo.
— Dès qu'il y a une guerre quelque part, ça fait des nouvelles putes sur les boulevards.

Depuis qu'il y a plus le mur de Berlin, on a toutes les putes de l'Est.

— Elles savent plus où s'appuyer.

Il est pas noir, il a toujours été en Espagne.

Un explorateur norvégien... à mon avis c'est au début du siècle ça.

Pour les gosses c'était la découverte, la fabrication du reblochon.
— Vous êtes allés aussi loin que ça ?

Jamais j'ai dit du mal des Bretons, vous confondez.

... connard contre connard, comme ça jusqu'à Biarritz.

... rien que quand on se baigne ma femme moi et les gosses, on est une ville flottante.

On a été une semaine en Grèce, on est allés à l'Acropole, c'est très bien l'Acropole.
— Nous, on va jamais en boîte.

... sieste, promenade le soir, on vivait comme les gens du cru.

Le cancer de la peau ? les plus bronzés c'est les docteurs !

… si, si ! véridique !

Tout le sud de l'Espagne, ils ont déjà des grands yeux tristes.

Vous descendez de l'avion, ce ne sont plus les mêmes couleurs.

Cette cicatrice sur le genou, je suis tombé de vélo quand j'étais petit, je l'ai toujours, par contre j'ai plus le vélo.

La langouste, je mange que la queue, avec tout ce que je mange pas je pourrais nourrir une famille.

Kosovo ou Kisovo ?

On a visité les villages du Moyen Âge, un conseil, mettez pas les hauts talons !

Le pastis à Marseille, c'est comme l'opéra à Bayreuth !

Dans le Lot, les gens parlent.

🍸

Personne le dit bien sûr, mais tout le monde s'ennuie.

… on a vu une course de chèvres… un thon sur le marché, entier !… on a fait le plein de souvenirs.

Quand tu tues ta femme c'est pas la peine de prendre la fuite, elle va pas te courir après.

Monaco, c'est surtout connu pour la famille débile, et le foot.

Il pisse au moins cent fois par jour.
— C'est du harcèlement sexuel.

Qu'est-ce qui se passe aujourd'hui ? tout le monde est en bleu.

On peut critiquer mais en attendant, les apéritifs, y en a pour tous les goûts.

Une côtes !… je suis debout depuis cinq heures.
— T'as pas à te justifier.
— J'ai déjà bossé ce matin, moi.
— Tu bois ce que tu veux.
— C'est tôt… c'est pour ça…
— Ça dépend pour qui.
— Exactement !

Quand j'étais petit on m'enfermait à la cave.
— Ça a pas changé !

Tu peux rien contre les avalanches, à part aller
à la mer.

Un rhum-steak ! sans steak !

On ferme !

Ben, et nous ? On est transparents nous ?

On ferme !

Tu me tues à fermer comme ça tout le temps !

On ferme !

T'en as pas marre de fermer tous les soirs ?
— Ah non ! C'est d'ouvrir le matin !
— C'est ça qui va plus en France !

Sur la place c'est encore ouvert !

On ferme !

Derrière l'église c'est encore ouvert.
— Je suis pas le pape !

Dehors ou je me fâche !
— C'est toujours le patron qui veut fermer.
— T'as qu'à devenir patron !

J'ai pas pensé à mal.

**ON FERME !**

# LES BRÈVES...

*"Vivaldi, il l'a dans l'os, on a pas eu
de printemps.
— Qui l'a dit ?"*

"Me fais pas chier avec le rêve américain !
Si ils rêvent c'est qu'ils dorment !"

**"Qui dort dîne, et qui somnole
boit juste l'apéro, forcément."**

*"Le pire c'est la solitude, tu fais
toujours une tonne de nouilles
en trop."*

Il y a toujours un Pocket à découvrir

# EN TOUTE SAISON !

J'aime bien la télé,
mais juste pour regarder.

*Pocket n° 13631 - 288 p.*

## Déjà disponible en librairie

Il y a toujours un Pocket à découvrir

# LES BRÈVES...

*"Le camembert est un être vivant."*

"Ma femme ne peut pas me quitter,
vu que je suis jamais là."

*"On n'est pas plus cons que
l'opinion publique !"*

"Vu le nombre de
religions qui existent,
un seul pape, c'est plutôt
pas beaucoup."

*"C'est quand même pas un
chômeur qui va m'apprendre
mon boulot !"*

Il y a toujours un Pocket à découvrir

# VINGT ANS DÉJÀ !

"Les îles,
c'est
pas des
îles, au fond
de l'eau, ça
touche."

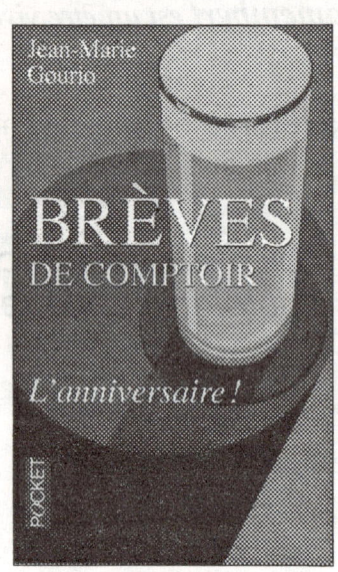

"La reine des
abeilles, elle
mange de la gelé
royale, pas des
rillettes, sinon
elle serait pas
reine."

*Pocket n° 13695 - 384 p.*

## Déjà disponible en librairie

Il y a toujours un Pocket à découvrir

Cet ouvrage a été imprimé en France par

C P I
Bussière

à Saint-Amand-Montrond (Cher)
en mai 2009

Composé par Nord Compo Multimédia
7, rue de Fives, 59650 Villeneuve-d'Ascq

POCKET - 12, avenue d'Italie - 75627 Paris Cedex 13

— N° d'imp. : 90848. —
Dépôt légal : juin 2009.